나도 네가 되고 싶어

나도 네가 되고 싶어

송주영

초록서재

프롤로그 ✦ 6

I. 독고영은

01 쉽빠 쉽빠 가족 ✦ 10

02 우리라는 말로 묶인 ✦ 26

03 고통 민감도 상위 1퍼센트 ✦ 42

04 기회를 거절하지 않겠습니다 ✦ 55

05 아이 앰 유, 아이 앰 뉴 ✦ 79

06 이게 바로 나야 ✦ 91

II. 선지유

01 우연한 궤도 전환 ✦ 102
02 잘못된 만남 ✦ 112
03 스스로 갇힌 고래 ✦ 126
04 기회를 거절하지 않겠습니다 ✦ 134
05 노 러브, 노우 러브 ✦ 146
06 이게 바로 나야 ✦ 166

에필로그 ✦ 176
작가의 말 ✦ 182

두 아이가 마지막으로 남았다. 둘은 사이좋게 블록을 쌓기도 하고 그림도 그리며 자기 엄마를 기다렸다. 유치원 호출 벨이 울리자 동시에 달리기 시합을 하듯 뛰어갔다. 단발머리가 귀여운 아이는 엄마 손을 잡고 신을 신으면서도 친구에게 손 흔드는 것을 잊지 않았다. 남은 아이는 부러움과 서운한 마음을 감출 수가 없었다. 함께 남아 있으면 그나마 괜찮았는데. 아이는 아직 너무 어려서 외로움을 느끼면서도 그게 정확히 뭔지는 알지 못했다.

혼자 남은 아이는 유치원 마당에서 그네를 탔다. 하늘에 닿아 보고 싶은지 발을 힘껏 뻗자 초록색 구두 앞코가 하늘에서 반짝였다. 그네의 움직임에 맞춰 발을 뒤로 접을 때는 검은 머리칼을 묶은 노란 리본도 함께 흔들렸다.

움직이는 그네 앞으로 지나가면 위험하다는 것을 모르는지,

회색 고양이가 겁도 없이 그네 앞을 통과하려고 했다. 고양이를 피하려고 두 발을 브레이크 삼아 급히 그녀를 세우던 아이가 속도감을 이기지 못하고 떨어졌다. 하얀 무릎에 붉은 피가 맺혔다. 가던 걸음을 멈추고 자신을 빤히 쳐다보는 고양이를 아이도 물끄러미 바라보았다.

"야옹아, 그렇게 그네 앞을 지나가면 위험해."

아이는 무릎을 모으고 고양이 앞에 쭈그려 앉아 어린 동생을 가르치듯 입술을 오물거리며 말했다.

"그런데 너 되게 귀엽다! 어? 너 발에서 피가 나."

아이는 노란 리본을 풀어 고양이의 앞발에 묶었다.

고양이는 네 무릎에서도 피가 난다고 말하는 것처럼 갸르릉 소리를 냈다.

"너희 엄마는 어디 있어? 우리 엄마는 늘 바빠. 아빠가 올 때까진 집에 아무도 없어서 여기 있는 건데 너랑 같이 살면 무섭지도 않고 좋겠다. 그치만 아마 아빠가 안 된다고 할 거야."

방금까지 웃다가 금세 시무룩해진 아이를 보고 회색 고양이는 자기 얼굴로 아이의 팔을 쓸었다.

그때 집에 데려다주겠다는 선생님 목소리와 함께 빗방울 떨어지는 소리가 들렸다. 놀이터 바닥에 갈색 점들이 빠른 속도로 생겨났다.

"비 온다! 야옹아, 너도 얼른 집에 가. 비 많이 맞으면 감기 걸린대. 다음에 또 보자."

고양이는 아이의 말을 알아듣기라도 한 듯 짧은 울음소리로 대답했다.

아이는 고양이에게 손을 흔들며 선생님 우산 속으로 뛰어들었다. 우산 위로 떨어지는 빗방울이 사탕처럼 방울지다가 눈물처럼 흘러내렸다. 유치원 가방에 매달린 '독고영은'이라고 적힌 이름표가 떨어질 듯 흔들렸다.

고양이는 유치원 담장에 올라 아쉬운 듯 아이의 뒷모습을 바라보았다. 아이가 점점 멀어져서 더는 보이지 않을 때까지.

미동도 없이 서 있던 고양이 위로 달빛이 비처럼 보슬보슬 바스러지더니 고양이가 사람 형상으로 변했다. 그는 왼손에 묶인 노란 리본을 풀어서 손에 쥐고 한참을 바라보다가 다시 손목에 묶었다.

"선물 고마워. 아름다운 영혼을 지녔지만 너무나 외로울 아이야."

그는 아이의 흔적을 눈으로 붙잡으며 중얼거렸다. 어느덧 비가 멈춘 보랏빛 저녁 하늘에 창백한 달이 떴다.

I. 독고 영은

01

쉽빠 쉽빠 가족

"다녀왔습니다."

아무 대답도 돌아오지 않았다. 인사는 무거운 공기 속을 어색하게 휘돌다가 그대로 허공으로 흩어졌다. 아줌마 또는 아빠의 여자 친구라고 불리는 여자는 강아지를 쓰다듬으며 거실에 있었다. 귀에 무선 이어폰을 꽂은 것도 아니고 무얼 하느라 미처 듣지 못한 것도 아니었다. 그냥, 의도적으로 대답하지 않는 것이다. 내가 오는 것을 반기지 않는다는 속내를 여자는 말하지 않음으로써 가장 정확하게 전달하고 있었다.

그나마 이번 여자 친구처럼 아무 대꾸도 하지 않는 건 나은 편이었다. 아빠의 전전전 여자 친구는 "다녀왔습니다."라고 하면 왜 번번이 그따위로 인사를 하느냐며 급발진했다. 자기가 한 번 '다녀왔다'는 이혼 사실을 은근히 비꼬는 거 아니냐고, 어린 것이 뭐 이렇게 영악하냐고 소리를 질렀다. 아무 인사도, 아무 말도 안 하고 식탁이나 의자처럼 가만히 있을 수도 있었지만 나도 모를 오기로 매번 다녀왔다고 습관처럼 말했다. 여자들은 아빠와 틀어지면 이 집으로 다시는 돌아오지 않지만 나는 그렇지 않다는 일종의 영역 표시이자 자기 암시였다.

그런데 아이러니하게도, 다녀왔다고 말할 때마다 나는 내가 돌아오지 말아야 하는 존재라는 현실을 더 깊이 깨달았다. 아무리 반려동물을 자식처럼 여기는 세상이 되었다고 해도 집주인의 유일한 적자인 내가 강아지보다도 환영받지 못하는 존재라니. 차라리 배다른 동생에게 밀린 거라면 자존심이 덜 상할 듯했다. 이런 대접은 익숙하면서도 늘 멱살 잡히는 지저분한 기분을 안겨 주었다.

처음에는 낯선 여자들이 친근하게 말을 걸었다. 하지만 몇 주 지나지 않아 쌀쌀맞아졌고, 몇 달이 더 흐르면 아예 한 공간에서 마주할 일조차 없어졌다. 개중에 몇몇은 나를 많이 예뻐했고 나도 마음을 살짝 열어 보였지만, 그런 경우에는 희한하게도 아빠의 마음이 변해 버렸다. 나의 생물학적 친부 독고산 씨는 자유로운 연애가 합법인 사람이었으니까. 아빠는 마치 박애주의자라도 되는 듯이 모든 여자를 사랑하는 생활 태도가 적어도 자식에게만큼은 미안한 일이라는 사실을 전혀 모르는 사람 같았다. 피가 섞이지 않은 사람들에게만 관대한 아빠는 정작 자기 자식에게는 사랑을 보여 주지 않았다. 그러는 걸 보면 아빠는 모든 인간을 평등하게 사랑하는 진정한 박애주의자가 아닌 게 확실했다.

사랑의 기초가 튼튼하지 않은 사람은 밖에서 들어오는 애정이 안쪽에 쌓일 수가 없다. 물론 같이 놀 친구는 많았지만, 그들은 아무개일 뿐이었다. 나에게 외로움은 사춘기의 호르몬이 불러온 순간의 감정이 아니었다. 고독은 이름 앞에 붙는 수식어처럼 늘 나를 따라다녔다. 주민 등록 등본을 떼면 나오는, 부모에게서 물려받은 이름은 독고영은이지만 그보다 나를 더 잘 드러내는 이름은 '고독영은'이었다.

침대에 누워 습관적으로 SNS를 훑어봤다. 어젯밤 자기 전에 올린 사진에는 벌써 댓글이 세 자릿수였다. 아주 잠시 뿌듯하긴 했다. 금세 사라질 감정이라는 게 문제지만. 댓글의 주인은 대부분 친구나 후배 또는 다른 학교의 모르는 아이들이었다. 댓글 내용은 미리 말을 맞춘 것처럼 모두 비슷했다. 마치 하나의 주제로 통일성 있게 써야 하는 수행 평가 과제를 보는 느낌이었다.

- 진짜 찢었다. 역시 예쁜 사람은 셀카를 막 찍어도 화보.
- 와, 이건 인정이지. 진짜 사진 찍을 맛 제대로 나겠다.
- SNS 들어올 때마다 행복해요. 우리 언니의 은혜로운 이목구비.

> 🙍 실화냐. 동서남북 어디서 봐도 예쁨. 누나 사랑해요.

"댓글에 창의성이 없어. 아이고, 의미 없다. 차라리 진짜 동생이면 좋겠네."

휴대폰을 대충 이불 어디쯤에 던져두고 벽지의 무늬가 사라질 때까지 멍하니 천장을 바라보았다. 일상이라고 말하기도 뭣한 사진들을 털털한 척, 대수롭지 않은 척 공유했지만, 사실은 수학 답안 검토하듯 계산하고 검산까지 한 사진들이었다. SNS 속에 깃든 내 감정이 포장된 것처럼 다른 사람들의 언어도 믿지 않았다. 수많은 칭찬에 기분이 좋다가도 설명하기 어려운 공허함이 귓속까지 밀려들었다.

이제는 여덟 살 어린아이일 때처럼 물리적으로 혼자 있지도 않고, 행여 혼자 있어도 무서울 나이도 아닌데 갈수록 더 외로웠다. 늪에 실제로 빠져 본 적은 없지만 우묵한 그 속으로 점점 깊이 빠지는 3D 체험을 날마다 하는 기분이었다.

아빠는 사업으로 언제나 바빴기 때문에 어린 나는 항상 도우미 이모님 또는 자주 바뀌는 아빠의 여자 친구와 있어야 했다. 꼭 닮은 얼굴을 한 엄마는 내가 초등학교에 들어가기 무섭게 가족을 버렸다. 이제는 어엿한 초등학생이니 혼자 살아가는 법을 알아야 한다는 듯이 훌훌 떠나 버렸다.

가물가물한 기억 속에서도 엄마는 늘 화려했다. 집에서마저 목 늘어난 티셔츠를 입거나 머리를 감지 않고 대충 묶은 모습을 본 적이 없었다. 늘 단정했고 언제나 아름다웠다. 나는 공주가 주인공인 동화책을 읽을 때면, 팔다리가 길쭉길쭉한 관절 인형을 갖고 놀 때면 엄마가 떠올랐다. 예쁘다, 우리 엄마처럼 예쁘다.

솔직히 나는 엄마가 참 좋았다. 하지만 내가 달려가서 안기기에는 옷의 재질이 너무 고급스러웠고, 가족의 밥을 차려 주기에는 손톱의 보석이 너무 과했다. 엄마 얼굴이 아주 정확히는 기억나지 않지만, 어린 내가 엄마 얼굴을 만지려 하면 화장 지워진다고 질색하던 표정만큼은 지금도 또렷이 떠오른다. 내 작은 두 손바닥이 갈 곳을 잃고 머뭇거리던 기억이 엄마의 신경질적인 표정과 함께 상처로 남았다.

엄마는 배우를 꿈꾸다 아빠의 열렬한 구애에 넘어가 전업주부가 되었다고 했다. 더 솔직히 말하자면, 수학에 약한 내가 시간 계산에 실패해서 너무 일찍 엄마 몸에 생겨서였다. 엄마는 가지 못한 길에 늘 아쉬움이 있었지만 풍족한 삶에 그럭저럭 만족했다. 남편, 즉 우리 아빠는 잘생기거나 자상한 이상형의 남자는 아니어도 재정 상태만큼은 아주 이상적이었기 때문이다. 고급스러운 것을 좋아하고 아름다움을 추구하는 엄마에게는 나쁘지 않은 선택이었다.

　그렇지만 모든 일에는 예상치 못한 복병이 도사릴 수 있는 법. 높은 곳에서 떨어지면 더 아프다는 사실을 알기에는 엄마가 너무 어렸다. 연 매출 1,000억대의 유망 기업 대표도 한순간에 무너질 수 있다는 건 어린 대학생의 배경지식으로는 예측할 수 없었다. 게다가 엄마는 고통을 함께 감당할 만큼 아빠를 사랑하지는 않았다. 1인당 식대 20만 원에 예식비가 2억이 넘는 호텔에서 초호화 결혼식을 올릴 때만 해도, 나를 낳고 산후조리원에 우아하게 누워 있을 때만 해도, 100억대의 신혼집에서 가사 도우미를 부리며 영원히 잘 먹고 잘살 수 있을 줄 알았을 것이다. 신데렐라든 잠자는 숲속의 공주든, 어쨌든 공주들은 왕자의 보호 아래 영원히 해피엔딩인 삶을 사니까.

　엄마 아빠의 만남에 관한 레퍼토리를 술 먹고 늦게 귀가한 엄마와 화가 잔뜩 난 아빠에게 번갈아 들었다. 엄마에게 들을 때는 나의 수정란 시절부터 원망을 들어야 했고 비슷한 역사를 아빠에게 들을 때는 엄마 뒷담화와 함께 경청해야 했다. 옛날로 돌아가서 딱 하나 바꿀 수 있다면 너를 낳지 않을 거라고, 절대로 너를 만나고 싶지 않다고 귀엣말하던 엄마의 작은 목소리가 아직도 귓속에서 크게 윙윙거렸다.

　엄마는 아빠 사업이 기울었을 때도 직업을 구할 생각은 전혀 하지 않았다. 자주 짜증을 부렸고 언제부턴가 자주 집을 비웠다. 유치원 기본 교육 과정이 끝나면 돌보미 손에 이끌려 소황제 코스로 수영, 발레, 미술 같은 사교육을 받던 내가 어느 날부터 유치원에서 가장 늦게까지 돌봄을 받는 아이가 되었다.

 서류만 갖추면 맞벌이 돌봄으로 저녁 7시까지 유치원에 있을 수 있지만, 아이들은 대부분 그 전에 직장에서 눈썹이 휘날리게 뛰어온 엄마나 아빠 손을 잡고 집에 갔다. 하지만 나는 7시가 다 되도록 아무도 데리러 오지 않는 날이 많았다. 처음에는 유치원 호출 벨이 울리면 나를 데리러 왔을까 봐 쏜살같이 달려 나갔다. 그러나 같이 종일반에 있던 아이보다 내가 먼저 달려 나가도 결승선에서는 늘 걔가 앞섰다. 마지막까지 함께 남아 있던 친구마저 가 버리면 나는 그네를 타거나 엄마 같은 공주들이 주인공인 책을 읽었다. 그리고 언제부터인지 더는 달려 나가지 않았다. 내가 먼저 나갈 차례 따위는 오지 않는다는 현실을 깨달았으니까.

 엄마는 집에 있을 때면 휴대폰을 보거나 사진을 찍었다. 한 번쯤은 나와 찍을 법도 한데, 엄마의 사진 속엔 언제나 내가 없었다. 추측하건대 엄마의 SNS 프로필에는 아이 엄마라는 사실을 알 수 있는 정보는 단 하나도 없고 잘 짜인 콘셉트 사진들뿐이었을 것이다. 그리고 그 콘셉트 사진을 유지해 줄 다른 이를 찾자마자 홀가분하게 떠났다. 아빠와 싸울 때마다 악을 쓰며 내뱉던 말, "나는 지금도 밖에 나가면 의사 사모도 충분히 될 수 있어."라고 한 허풍이 사실이 되는 순간이었다.

내가 자기를 닮지 않고 엄마를 닮아서 다행이라 말하던 아빠는 술만 마시면 "네 엄마 눈으로 쳐다보지 마!"라고 고함치며 "너도 네 엄마처럼 될 거냐?"라고 몰아붙였다. 그때 나는 겨우 여덟 살이었다. 나는 그저 '내가 뭘 잘못했구나. 왜 나는 이렇게 아빠를 화나게 할까?'라는 생각에 빠져 점점 시들어 갔다.

엄마, 아빠에게는 두 가지 공통점이 있었다. 첫째, 내 앞에서는 전혀 꾸밈이 없었으며 자신을 포장하거나 더 나아 보이기 위한 변신술을 쓰지 않았다. 그들은 남에게는 하지 못할 비난과 짜증을 날것 그대로 내게 보여 주었다. 둘째, 자기가 한 말을 행동으로 옮기는 사람들이었다. 엄마는 정말로 의사 부인이 되었고, 아빠는 엄마와 싸울 때마다 "내가 이대로 무너질 줄 알아? 금세 다시 일어날 거야!"라고 소리치던 말을 엄마가 떠난 지 3년 만에 이뤄 냈다. 하지만 경제적인 회복과 관계없이 과거의 그늘은 여전히 내 앞에서 어른어른 형체를 드러냈다.

초등학교에 입학한 지 얼마 되지 않았을 때였다. 3월이지만 아직 외투를 입어야 하는, 봄과 겨울의 혼혈 같은 날이었다. 학교에서 배가 아파 화장실에 갔다가 미처 바지를 내리기 전에 실수를 했다. 마음은 급한데 허리끈이 안 풀렸던 것이다. 잠시도 견디지 못하고 떠난 엄마처럼 생리 현상이 후드득 쏟아졌다. 나는 수업 시작종이 울릴 때까지 화장실 안에서 앉지도 서지도 못한 채 엉거주춤하게 있다가, 복도에 아무도 없는 걸 확인한 다음 1학년 1반 문 앞에서 선생님을 불렀다. 선생님은 내 상태를 확인하고 조용히 집으로 보냈다. 추운 날이라 두꺼운 바지와 긴 외투가 부끄러움은 가려 줬지만 외로움까지 감춰 주지는 못했다.

나는 엘리베이터에 아무도 없는 걸 확인하고 잽싸게 9층을 눌렀다. 어렸지만 아무도 마주치면 안 된다는 것쯤은 알았다. 욕실로 들어가 옷을 벗고 샤워를 했다. 몸에 묻은 배설물은 다 씻겨 내려갔다. 그러나 마음에 남은 찌꺼기는 점점 굳어 갔다.

배탈이 난 나에게 흰죽을 끓여 줄 어른은 없었다. 올 사람이 아무도 없는 줄 뻔히 알면서도 누구를 간절하게 기다리던 그 시절을 떠올리면 두 눈이 습해지고, 마음에 손바닥만 한 푸른 멍이 든다.

아빠 사업이 괜찮아져도 쓸쓸한 내 마음은 나아지지 않았다. 물론 전처럼 집에 사람이 없는 건 아니었다. 적어도 고용인과 피고용인의 관계로 옷을 빨아 주고 밥을 차려 줄 이모님이 있었다. 다만 마음을 터놓고 이야기할 가족이 없다는 것, 아빠가 돈을 주지 않으면 밥을 차려 주고 방을 치워 주는 사람이 언제든 떠난다는 사실 때문에 나는 더 외로웠다. 나는 일이 힘들면 이모님이 떠날까 봐 옷은 항상 벗어서 제자리에 놓고 머리도 혼자 묶었다. 그러나 나를 진심으로 대해 준 것 같았던 이모님들도 시급 협상에 실패하면 뒤도 안 돌아보고 떠났다. 그들과 현관문 비밀번호를 공유했지만, 진심을 함께 나누지는 못했다.

아빠에게 이성 교제는 물고기가 아가미를 펄럭이는 것과 같았다. 물고기가 아가미를 움직이는 행위를 멈추면 죽는 것처럼 아빠는 여자 사람에게 관심을 날리는 행동을 멈추지 않았다. 아빠가 아가미를 세차게 들썩일 때 나는 방 안에서 어깨를 들썩였다. 집 안에서 쉼 없이 새로운 얼굴들과 식사를 하고 눈칫밥을 간식으로 챙겨 먹으며 나는 무럭무럭 자랐다.

아빠는 아침 식단을 바꾸듯 입맛에 따라 여자 친구들을 사귀더니, 이제 빵은 지겹고 건강을 위해 밥으로 정착하겠다는 말과 함께 새엄마를 소개했다.

"아줌마한테 예의 바르게 행동해."

아빠가 그렇게 말하지 않아도 나는 충분히 얌전했다. 처음 보는 아줌마와 동갑내기 남자아이 앞에서 내가 실수할 게 뭐가 있을까 싶었다. 무선 이어폰을 귀에 꽂고 싶었지만 참았다. 예의 바르게 행동하라는 지령을 받았으니까.

얼핏 봐도 꽤 예쁘장한 여자, 아줌마라는 말이 전혀 어울리지 않는 사람이 아빠 어깨에 손을 올리며 앉았다.

"안녕? 만나서 반가워. 오늘부터 우리, 가족이네. 그런데 너 정말 예쁘게 생겼다."

나는 가볍게 고개를 숙여 인사한 뒤, 그 옆에 따라 앉은 아이를 힐끔 바라보았다. 동생이라고 부를 대상이 강아지나 고양이가 아니어서 다행이라고 생각했다.

그 아이도 나처럼 깜박하고 묶어 놓지 않은 봉투 속 눅눅한 과자 같았다. 새로운 이방인들과 방해 금지 모드를 켠 것처럼 지내겠다고 마음먹었지만, 눈을 들 때마다 마주하는 그 애의 표정이 어딘지 조금 익숙하고 왠지 편안했다. 열여섯 살, 여름과 가을의 세력 다툼이 치열한 9월에 갑자기 새엄마와 동생 영이가 생겼다. 물론 피는 섞이지 않았지만, 나는 8년여 만에 드디어 서류상으로 온전한 엄마 아빠를 가질 수 있었다.

"누님, 노래는 그냥 듣기만 하는 게 어때?"
"야, 솔직히 이 정도면 못 들어 줄 정도는 아니지 않냐?"
"너 좋다는 애들 앞에서 딱 한 번만 불러 봐. 다 뒤돌아 나갈걸?"
"뭐래? 그럴 리 없거든."

"옆집, 아랫집, 윗집에서 가창 수행 준비하는 줄 알겠어. 저 집 딸 수행 망했네, 그러고 있지 않을까."

"오늘까지만 살고 싶은 거야, 너?"

"아니, 오래오래 살아야지. 불러. 더 불러. 브라보, 영은."

부와 모가 모두 일치하는 진짜 남매여도 피 터지게 싸우는 집이 많다. 그러나 우리는 둘 다 상처가 깊고 같은 아픔을 지녔다는 동지애가 있어서인지 서로에게 날을 세우지 않았다. 피 한 방울 섞이지 않은 다 큰 동생이 생긴 건데도 나는 좋았다. 듣기 좋은 말만 해 주지 않는 게 무엇보다 마음에 들었다.

새엄마는 다정하고 친절했다. 그런데 뭐랄까, 마치 담임 선생님 같았다. 1년짜리 농사, 학년이 바뀌면 다른 선생님에게 토스할 사이 또는 혼내면 아동 학대라는 민원이 들어올까 봐 일정한 거리를 두고 상냥하게 대하는 그런 느낌이었다. 나는 영이가 혼나는 게 오히려 부러웠다. 그건 관심과 사랑의 변형 같았다. 좀 이상하지만, 나에게 지나치게 친절할 때면 엄마라는 말 앞에 붙는 '새-'의 무게를 또렷이 느꼈다. 그렇지만 엄마라는 존재가 있는 것만으로도 만족스러웠다. 내 16년 가족 역사에서 전성기는 그때였다.

"아하하, 나는 시험 끝났지롱."

영이네 학교는 우리 학교보다 3일 먼저 시험을 시작했다.

"야, 의리 지켜라. 나는 너 공부한다고 우리 학교 애들보다 일주일 먼저 시험공부 시작했다."

"덕분에 성적 오르겠네. 나한테 고마워해야겠는데?"

"그래, 엄청 고맙다, 동생. 내가 특별히 거북알보다 400원 비싼 월드콘으로 쏨."

"참 나! 한 달 차이로 무슨 동생."

"한 달이면 밥그릇이 몇 개인 줄 알아? 하루 세 끼, 3 곱하기 30은 90, 내가 너보다 90그릇이나 더 먹었다고. 그걸 쌓아 봐라. 그게 적은 양이냐?"

"그래, 똥도 네가 30번은 더 쌌겠지. 아니지, 많이 먹어서 하루에 두 번 싼 날이면……."

"아, 뭐야. 지저분하게."

"그래. 네 똥 얘기인데 너도 더럽지? 크크."

"야! 나 비위 약하다고."

"이렇게 비위가 약한데 의대는 어떻게 가려고."

"비위 강해도 어차피 못 가."

의사는 아빠의 꿈이자 엄마의 소망이었다. 아빠는 반백 살이 다 되어 가니 수능을 다시 볼 수 없을 테고, 엄마는 정확히 말하면 의사와 결혼하는 게 꿈이었는데 그 소원을 벌써 오래전에 실현했다. 그게 첫 결혼이 아니어서 아쉬웠겠지만.

"내가 공부해서 의대 가는 것보다 하성경 씨처럼 의사 남편을 만나는 게 더 빠를걸."

"하성경 씨가 누군데?"

"이 얼굴 만들어 준 사람."

"의느님이냐?"

"뭐래. 유전자 물려준 사람."

월드콘 포장지를 사과 껍질 까듯 둘둘 벗겼다. 포장지 벗긴 아이스크림처럼 내 치부를 드러내도 전혀 멋쩍어하지 않는 영이 얼굴을 보니 나도 내 이야기를 털어 놓는 게 눈곱만큼도 거북하지 않았다. 친구들은 가족, 특히 엄마의 관심은 집착 같고 동생이 방에만 들어와도 짜증이 벌컥 난다는데 나는 달랐다. 나와 비슷한 아픔이 있는 동지 앞에서만큼은 내 상처를 들킬까 봐 신경을 곤두세우지 않아도 되고, 다 가진 척 꾸미지 않아도 돼서 편안했다.

타인일 때 사랑하던 사람도 가족이 되고 나면 잘해 줄 필요가 없다고 생각하는 건지, 아빠가 새엄마에게 예의를 갖추지 않는 날이 점점 늘었다. 도덕 교과서처럼 새엄마의 꽉 막힌 점이 질린다는 말을 많이 했다.

"잔소리 좀 그만해. 내가 네 학생이니?"

"학생도 아니면서 애처럼 행동하니까 그러지."

"넌 너무 고지식해."

"당신이 지나치게 이상한 거야."

아빠와 새엄마는 자주 부딪치고 화해하고 또 싸우고 다시 원앙 코스프레를 반복했다. 아무리 다퉈도 아빠와 새엄마는 헤어짐을 그들의 답안지에 넣지 않았다. 그런데 우습게도 새엄마의 친구가 찍은 1.3MB의 사진 한 장과 5분도 채 안 되는 통화 녹음본으로 둘은 다시 가볍게 남이 되었다.

"응, 여보세요. 거래처 사람 좀 만나고 있어요. 이번 주 출장이 길어져서 우리 여보 못 봤더니 나도 힘드네……. 그럼! 나도 매일 보고 싶지. 사랑해요."

"와이프가 뭐래?"

"응, 저녁 해 놓겠다고. 우리 자기랑 먹고 싶은데."

새엄마가 아빠를 기다리며 나물을 조물조물 무칠 동안 아빠는 사진 속 다른 여자의 팔뚝을 조물조물하고 있었다. 온 인류를 평등하게 사랑해야 한다는 박애주의를 온 여자를 차별 없이 고르게 사랑해야 한다는 독고산 방식으로 해석한 게 문제였다.

가을에 4인 가족이 되었는데 해도 바뀌지 않은 겨울에 도로 2인 가족이 되었다. 아빠의 두 번째 유부남 체험은 100일의 기적으로 끝났다. 첫 번째 혼인 관계 소멸도 두 번째 헤어짐도 늘 한결같이 통보였다. 화내고 싶었지만 그럴 수 없었다. 안 된다고 떼써도 아무것도 바뀌지 않는다는 걸 더 어릴 때부터 이미 잘 알고 있었다. 마음의 피떡이 다 떨어졌다고 생각했는데, 자전거를 타다 넘어져서 하필이면 다친 곳을 더 깊게 긁힌 기분이었다.

유튜브에서 렌터카 광고가 흘러나왔다.

"이런 쉽빠. 쉽고 빠른 사고 접수. 복잡한 사고 처리 편리하게."

정말 쉽빠였다. 가족이 아니었다가 가족이 되었다가 다시 가족이 아니게 되는 모든 처리가 어른들은 쉽고 빨랐다.

사람은 사람으로 잊고 고통은 더 큰 고통으로 잊을 수 있다는 실험이라도 하듯, 또다시 아빠의 서류상 유일한 자녀이자 단 한 명의 가족으로 남은 겨울 어느 날, 갑자기 안쪽 어금니가 붓고 아팠다.

02

우리라는 말로 묶인

고등학교 입학 첫날부터 촉망받는 연기자의 삶을 시작했다. 교실 앞문을 여는 순간 기분 좋은 척, 밝은 척 연기했다. 교실에 들어서자 같은 중학교를 다닌 아이들이 인사를 건넸다. 나는 왼손을 슬쩍 들고 꾸며 낸 미소를 지으며 임시 자리표를 확인한 뒤 내 자리로 갔다. 아이돌이나 대각선에 앉은 남학생을 좋아하고, 고작 이마에 난 뾰루지가 걱정인 열일곱 살 또래처럼 평범하게 보여야 했다. 돌돌싱 아빠를 둔 평범하지 않은 사정은 들켜선 안 되었다. 아무에게도 진심일 수 없었다. 내가 얼마나 별로인지 들키면 나를 떠날까 봐. 낳아 준 사람도 버리는데 누군들 나를 못 버릴까 싶어서 언제나 감추기에 급급했다. 누구도 일정 거리 안으로 들어오지 못하게.

사람들은 나와 항상 일정한 거리를 두고 자기들끼리 둥글게 연결되어 있었다. 그들은 하나의 원이고 나는 원의 중심에 있었지만, 딱 반지름만큼 떨어져 있는 외로운 점이었다. 문제는 그 반지름이 1센티미터 정도가 아니라는 거였다. 나는 지구의 반지름인 6,400킬로미터 정도의 심리적 거리를 두고 친구를 만들었다. 그리고 나에게서 일정한 거리에 있는 점들의 모임이 점점 늘어날수록 반지름의 길이는 더 길어졌다.

"영은아, 우리 일요일에 놀이공원 갈 건데 같이 갈래?"

중학교 3학년 때 같은 반이었던 채린이가 내 앞자리에 걸터앉으며 물었다.

"우리? 누구누구 말하는 거임?"

"1반 서정이랑 해환이, 우리 반에서는 태성이랑 너랑 나."

인원을 세는 채린이의 다섯 손가락이 모두 접혔다. 홀수였다. 나는 홀수로 다니는 게 무서웠다. 둘이 앉아야 할 때 나는 채린이와 앉을 거라고 생각했는데 당연하다는 듯이 채린이가 서정이와 나란히 앉는 상황이 올까 봐. 채린이와 서정이보다 채린이와 내가 더 가깝다는 확신이 없었다.

친구를 사귀는 건 어렵지 않았다. 적어도 겉으로 보기에 나는 외모도 되고 공부도 제법 하는 인기 많은 아이였다. "너희 반에 누가 있어?" 하고 물으면 다섯 손가락 안에 내 이름이 나왔다.

내가 먼저 다가가지 않아도 상대방이 먼저 말을 걸 때가 대부분이었다.

그렇지만 체육 시간에 두 줄로 서야 할 때 아이들이 팔짱을 끼는 대상은 내가 아니었다. 도대체 뭐가 문제여서 내가 단짝까지는 아닌 건지, 절친은 따로 있고 왜 나는 그다음으로 친한 애인지 이유를 알 수 없었다. 똑같은 교실에서 같은 교과서로 배우며 비슷한 이야기를 나누는데, 누군가는 말하지 않아도 서로 속마음을 아는 절친이 되고 나는 친하긴 하지만 첫 번째는 아닌 걸까. 친구는 많은데 소풍이라도 갈 때면 누구와 앉아야 하나 고민에 빠지는 애. 그게 나였다.

"개장부터 폐장까지 풀로 달린다. 고고!"
"오늘 최소 열 개는 타야 함. 이거 못 채우면 레알 손해임."
"우아, 오늘 우리만 공부 안 하는 거 아니지? 다들 노는 거지? 완전 안심. 근데 줄이 장난 아니네."

태성이가 우리만 노는 게 아니어서 마음이 놓인다며 너스레를 떨었다.

"해환, 서정, 너희 영은이랑 잘 모르지? 영은아, 인사해. 얘들은 1반 해환이랑 서정이."

"안녕."

"안녕."

문장이 따라붙지 않는 어색한 인사였다. 사실 해환이와 서정이를 중학교 주제 선택 수업 때 봐서 알고 있었지만 티 내지 않았다. 내가 먼저 안다고 말하면 왠지 자존심 상하는 느낌이 들었다. 나는 좀 유명한 애니까 너희는 나를 알겠지만, 나는 너희를 몰라. 그래야 품위가 지켜지는 기분이었다.

기다리는 동안 여자아이들은 일상적인 대화를 나누거나 사진을 찍었고, 남자아이들은 휴대폰 게임을 했다.

"너 틴트 어디 거 써? 색 되게 예쁘다."

먼저 말의 물꼬를 튼 건 서정이었다. 하지만 나는 어느 파우더가 발림성이 좋고 어느 브랜드 틴트 색이 예쁜지 같은 것엔 관심이 별로 없었다.

"나 틴트 안 쓰는데."

"얘 원래 입술 되게 빨개. 다 가진 자. 부럽다."

채린이가 내 어깨에 손을 올리며 말했고 나는 어색하게 웃었다. 공연히 불편해서 울리지도 않는 휴대폰을 만지작거렸다.

"박태성, 윤해환, 게임 좀 접고 같이 놀지?"

"아, 잠깐 이것만 하고."

"야, 거기서 집 짓는다고 그거 네 집 아니야."

게임 중인 태성이와 해환이에게 서정이가 장난스레 말했다.

말로만 보면 비난이지만 속에 담긴 뜻은 '이제 그만하고 나랑 놀아 줘'였다.

"너네도 깔아. 이거 개꿀잼임. 어차피 한 시간 대기각인데 같이 하자."

"그게 그렇게 재미있냐."

"장난 아니야. 걍 빨리 깔아."

태성이 성화에 못 이겨 우리는 앱스토어를 열고 게임 앱을 다운로드했다.

"어, 여기서 이거 어떻게 하지?"

혼잣말이었는데 해환이가 질문으로 받아들였다.

"내가 도와줄게. 여기서 이걸 이렇게 하고, 더하기 표시를 상대에 맞춰서 눌러 봐. 아니, 거기 말고. 너무 하늘 보잖아. 캐릭터 정면 보게 돌리고……."

게임에 집중하다 보니 놀이기구 줄이 금방 줄어들었다.

맨 처음에 범퍼카를 탔다. 선글라스는 쓰지 않았지만 이곳이 동해안 해변 도로인 양 한 손으로 핸들을 돌렸다. 문제는 범퍼카가 내 생각과 달리 사람들이 몰린 곳이나 구석으로 너무 잘 낀다는 점이었다. 핸들을 이리저리 아무리 꺾어도 꼼짝하지 않았다. 모르고 밟은 껌처럼 꽉 붙어서 빠져나올 수가 없었다. 오래 기다려서 탔는데 이렇게 끝낼 수는 없다는 절박함에 핸들만 돌리고 있을 때 내 범퍼카 꽁무니를 누가 들이받아 구해 줬다.

다음 놀이기구는 사파리 보트였다. 미끄러지지 않게 조심조심 올라타서 물을 막아 주는 천을 어깨까지 올렸다. 물결이 넘실대면 배가 이리저리 흔들렸다. 벽에 부딪힐 때마다 재미있으면서도 떨려서 비명을 질렀다. 찰싹, 앞 배와 부딪히면서 피할 틈도 없이 큰 너울이 급습했다. 그 순간 해환이 손이 내 머리를 천안으로 눌렀다. 덕분에 나는 물벼락을 피했지만, 해환이는 옷이 많이 젖었다.

"고마워. 물벼락 맞을 뻔했는데 덕분에 살았어. 근데 너, 옷 어떡해?"

"괜찮아. 금방 마르겠지."

그때 지이잉, 휴대폰이 울렸다. 채린이가 DM을 보냈다.

> 영은, 서정이가 해환이 좋아함. 비밀!!

나는 DM을 확인하고 서정이를 바라보았다. 그냥 무심코 지은 무표정일 수도 있는데 왠지 불편해 보였다. 아까 틴트 이야기를 할 때와는 다른 표정이었다.

"우리 저거 찍고 가자."

채린이가 포토 부스를 가리켰다.

소품 때문에 얼굴이 가려지지 않게 몸을 움직거렸다. 해환이가 키를 낮추자 내 얼굴 옆으로 살짝 가까워졌다. 나는 뒤에 선 태성이와 해환이가 잘 나올 수 있게 무릎을 조금 굽혔다. 우리는 화면 안으로 얼굴을 들이밀었다. 손으로 꽃받침을 만들고 눈 옆으로 브이 자를 만들기도 했다. 태성이가 마지막 사진은 웃기게 찍자고 해서 외모 몰아주기를 할 때처럼 입을 크게 벌리고 눈을 최대한 크게 떴다. 우리는 사진 속에서만큼은 절친이었다. '우리 우정 영원히'라는 오글거리는 말이 오늘 처음 어울린 서정이와 해환이까지 간단명료하게 친구로 묶었다.

같이 찍은 사진들이 서정이와 채린이의 SNS에 속속 올라왔다.

#놀이동산 #찐친 #채린 #서정 #영은 #해환 #태성

업로드된 사진들을 구경하는데 잇달아 알림이 울렸다.

shine_like_the_sun님이 회원님을 팔로우하기 시작했습니다.
shine_like_the_sun님이 회원님의 게시물을 좋아합니다.
shine_like_the_sun님이 회원님의 게시물을 좋아합니다.

모르는 사람들이 팔로우와 하트를 누르는 건 익숙한 일이라 크게 신경 쓰지 않았다. 단체 컷은 다른 친구들이 벌써 많이 올려서 그냥 '좋아요'만 누르고, 나는 가장 마음에 든 사진을 올렸다. 달빛과 조명이 어우러진 풀밭에서 해환이가 찍어 준 사진이었다. 달밤과 푸른 잔디, 내가 좋아하는 어두운 밤의 인공조명까지 모든 게 마음에 들었다. 다만 사진 찍을 때 들려오던 풀벌레 소리가 사진에 담기지 못한 게 아쉬웠다.

    귀뚤귀뚤
    귀뚤귀뚤

    귀뚜라미와 나와
    달 밝은 밤에 이야기했다.

나는 수정 탭을 누르고 사진 설명 아래에 윤동주 시인의 시 〈귀뚜라미와 나와〉를 입력했다. 이 시가 어떤 파장을 일으킬지 상상조차 하지 못한 채.

1교시 국어 시간에 영상으로 윤동주 시인의 삶을 배웠다. 영상에서 시인의 어릴 때 이름이 해환이라고 했을 때, 1반 윤해환과 이름이 같다는 생각이 언뜻 스쳤다. 그게 다였다.
점심시간에 서정이가 '다른 반 출입 금지'라고 출입문에 떡하니 붙어 있는 경고문을 사뿐히 무시하고 교실로 들어왔다. 서정이와 채린이는 우리 반 아이들 몇몇과 둥글게 모여 수다를 떨었다.

"아니, 원래는 신경도 안 쓰다가 친구가 좋아한다니까 갑자기 급관심 보이는 애들 웃기지 않냐?"

"그런 애가 실제로 있어?"

"어. 친해지고 싶었는데 완전 현타 왔잖아."

"헐. 일부러 약한 척하고 예쁘면 다 되는 줄 아는 거임?"

"누군데? 누가 그렇게 못됐어?"

"있어. 입술에 틴트 바른 거 티 나는데 안 발랐대. 어디 건지 알려 주기 싫어서 거짓말하는 거 완전 티 남."

어제까지 내 입술이 원래 빨갛다고 말해 주던 채린이가 오늘은 나를 바라보지도 않은 채 칼날처럼 말했다.

'어? 내 얘긴가?'

나는 채린이와 서정이에게 다가가 물었다.

"그거 지금 나 들으라고 하는 얘기야?"

"찔리긴 찔리나 보네."

"그게 아니라, 너희가 대놓고 나 들으라는 식으로 말하고 있잖아."

"우리가 한 말 중에 틀린 거 있어?"

"사실이 하나도 없는데?"

"해환이한테 왜 그렇게 달라붙었냐? 범퍼카 타면서."

서정이가 따지듯 물었다.

"나, 걔 신경 쓴 적 없어."

"하, 둘이 볼만하던데. 너는 윤해환 따라다니고 윤해환은 구석에 처박힌 너 구해 주고."

"범퍼카 때야 몰랐으니까 그렇다 쳐. 근데 내가 DM으로 말까지 해 줬는데 계속 그러는 건 선 넘은 거지."

"무슨 DM?"

"내가 비밀이라고 보냈던 DM 기억 안 나? 아니면 그냥 신경 안 쓴 거야?"

> 영은, 서정이가 해환이 좋아함. 비밀!!

어제 채린이가 보낸 DM이 그제야 떠올랐다.

"기억나. 근데 내가 윤해환한테 뭘 어떻게 했다고 이러는 건데? 난 걔한테 관심 1도 없어."

"야, 관심 없다면서 왜 사진 찍을 때 그렇게 붙어? 인스타에는 해환이가 찍어 준 사진만 올리고, 윤동주 시까지 올리는 건 무슨 의미냐?"

"너희 있었으면 당연히 너희한테 찍어 달라고 했겠지. 근데 화장실 가고 없었잖아. 셀카 찍고 있는데 해환이가 찍어 준다고 한 거고, 윤동주 시는 그 사진에 어울릴 것 같아서 검색해서 올렸을 뿐이야."

"윤동주 본명이 윤해환인 거 알고 일부러 고른 거 아니고? 좀 솔직해져라, 독고영은!"

"하, 진짜 어이없네. 나 윤동주 어릴 때 이름이 윤해환인 거 오늘 1교시에 처음 알았거든? 너야말로 너무 억지 부리는 거 아니야, 김서정?"

"그래, 뭐 그럴 수 있다고 치자. 다 우연이라고 쳐. 근데 인스타 댓글은? 그건 어떻게 설명할래?"

"무슨 댓글?"

"얘 못 본 척하네."

나는 정말 무슨 댓글인지 몰랐다. 오늘 아침에 늦게 일어나서 SNS 할 시간이 없었다고 구차하게 설명하고 싶지도 않았다. 표정을 보니 내가 무슨 말을 해도 채린이의 정답은 김서정인 것 같았다.

다툼의 주인공이 내가 아니면 싸움은 흥미진진한 법이었다. 아이들이 주위에 더 몰려들었다. 나는 얼굴이 뜨거워졌다. 부끄러워서가 아니었다. 억울하고 화가 났다. 채린이는 오른쪽 입꼬리를 한쪽만 비틀어 올리며 화난 눈으로 고개를 돌렸다.

그때 5교시를 알리는 종이 울렸다.

"뭐야, 종 쳤어. 왜 좀비들처럼 모여 있는 거야. 자리에 앉아."

수학 선생님은 좀비들에게 수면제 먹을 시간임을 알렸다.

그런데 왠지 "야, 영은이가 서정이 썸남 뺏었나 봐.", "그런가 보네."라고 웅얼대는 소리가 들리는 것 같았다. 그저 "야, 지우개 좀 빌려줘.", "교과서 몇 쪽이냐?" 같은 말이었을지 모르지만, 기분 탓인지 속삭대는 소리들이 해일처럼 몰려왔다.

"자, 이 문제 풀어 볼 사람?"

손을 든 아이는 없었다. 선생님의 친절한 설명에도 칠판의 문제는 풀리지 못한 채로 있었다. 채린이와 나 사이도 이 문제처럼 풀리지 못할 것 같았다.

종례가 끝나자 휴대폰 전원을 켜고 SNS에 접속했다.

'도대체 무슨 댓글이지?'

손이 떨렸다. 내 SNS에는 별것 없었다. 평소처럼 잘 모르는 팔로워들이 '좋아요'를 눌렀고 어디서 알고 들어왔는지 모를 사람들이 팔로우를 신청했다.

shine_like_the_sun도 그중 하나였다. 가장 많은 사진에 '좋아요'를 눌렀다는 점만 빼면 다른 사람들과 딱히 차이가 없었다. 프로필을 눌러 shine_like_the_sun의 SNS로 들어갔다. 그리고 어제 다 같이 찍은 사진 밑에서 채린이와 서정이가 분개한 댓글들을 발견했다.

- 축하축하.
- 찐덕 인증이다.
- 오~ 잘 어울리는데.

　내용은 핑크빛이었지만 댓글 어디에도 내 이름은 없었다. 문제는 사진 크기를 조절하지 않고 그대로 업로드한 거였다. 그런 탓에 키가 큰 태성이는 코 아래만 나오고 양쪽 끝에 선 채린이와 서정이 얼굴은 반만 나왔는데 해환이와 내 얼굴만 온전히 보였다. 그리고 이게 해환이 SNS에 있는 유일한 사진이었다.
　해환이 SNS를 확인해도 내 잘못은 없었다. 채린이와 서정이가 나를 그렇게 몰아붙일 이유를 나는 찾지 못했다. 사진을 업로드한 사람은 내가 아니고, 댓글을 쓴 사람도 내가 아니다. 그런데 놀이공원에서 내가 해환이와 친해 보였다고 해서, 해환이가 찍어 준 사진을 올리고 윤동주의 시를 썼다고 해서 친구가 좋아하는 남자에게 작업을 건다고 생각하는 건 그 아이들의 자격지심이라고 생각했다. 집으로 오는 버스 안에서도, 버스에서 내려 아파트 단지로 들어서면서도, 엘리베이터 버튼을 누르면서도 손에서 휴대폰을 놓지 못했다.

서정이 SNS에 이어 채린이 SNS로 들어갔다. 채린이는 어제 올린 사진을 지우고, 줄 설 때 셋이 찍은 사진에서 내가 나온 부분을 잘라 애초에 내가 없던 것처럼 올렸다. 해환이처럼 크기를 조절하지 않은 채로 올린 게 아니라 일부러 편집한 것이었다. 그 사진을 보며 나는 마음에 타격을 받지 않았다고 생각했다. 그저 2년 연속 같은 반이 된 아이일 뿐이었다. 그렇게 생각하면 이렇게 멀어지는 게 그리 섭섭할 일도 아니었다.

어차피 비밀을 공유할 만큼 절친은 아니었다. 사진 속의 꼭 맞댄 어깨가 우스웠다. 책상 앞에 붙여 둔 사진에서 '우리 우정 영원히'라는 부분을 잡아 뜯었다. 내 얼굴만 남기고 찢어 버릴까 하다가 그냥 통째로 버렸다.

애써 마음을 도닥이는데 DM이 왔다. 해환이었다.

> 저기, 나 해환인데. 오늘 서정이랑 있었던 일 들었어. 미안.

어.

대답 뒤에 딱히 더 붙일 말이 없었다.

> 인스타 어제 처음 해 봐서 사진 올리는 법을 잘 몰랐어.

응. 그럴 수 있지.

> 미안해.

> 서정이랑 채린이는 내가 범퍼카에서 너 쫓아다니고 사진에 일부러 윤동주 시 썼다고 오해하던데. 나 진짜 너 쫓아다닌 거 아니고, 윤동주 어릴 때 이름이 윤해환이라는 거 몰랐어. 그냥 시가 사진하고 어울려서 쓴 거야.

> 응. 나는 오해 안 해. 내가 서정이랑 채린이한테 잘 설명할게.

그래.

사실 채린이와 서정이의 생각을 바로잡고 싶은 생각은 들지 않았다. 어차피 멀어졌고, 오해가 풀린다고 해서 다시 이어 붙일 수는 없다고 생각했다.

> 괜히 이 일로 어색해지지 말자.
> 나는 너랑 친하게 지내고 싶어.

고백은 아니었다. 그러니 긍정적인 대답을 한다고 해서 욕먹을 일은 없었다.

그래.

몇 분간 서로 말이 없었다. 먼저 끝인사를 하려는 순간, 다시 말이 이어졌다.

> 영은아, 잘 자.

많이 생각하고 보낸 듯한 짧은 메시지였다.

그래.

일부러 짧게 대답했다. 정말 아무런 의도 없이 사진을 그렇게 올린 거냐고 묻고 싶지도 않았다.

그 아이들과 나 중에서 누가 먼저 어색해했는지는 기억나지 않는다. 한번 물에 젖은 종이는 말라도 우글우글 티가 난다. 말을 물풍선처럼 맹렬히 던졌던 사이도 마찬가지다. 내 마음은 생각보다 더 무른 점토판 같았다. 채린이의 올라간 오른쪽 입꼬리는 조각칼로 내리긋듯 진한 선을 남겼다. 우리 영은이 왜 이렇게 예쁘니, 라고 말하더니 시급 5,000원 더 올려 주지 않으면 이번 주까지만 나오겠다고 통보한 이모님보다 더 미웠다. 그렇게 친구도, 3월도 지나가고 있었다.

03
고통 민감도 상위 1퍼센트

　치통을 더는 버티기 힘들었다. 치과에 같이 가 줄 사람이 없지만 언제까지 미룰 수가 없었다.
　"자, 누워 봅시다. 아이고, 많이 아팠겠네. 신경 치료를 해야겠는데 혼자 온 거야? 다음에 부모님하고 같이 올래?"
　"저한테 설명해 주시면 안 될까요? 아빠가 그러라고 하셨어요."
　"그건 좀 어려운데……."
　"엄마는 안 계시고 아빠는 사업이 바쁘셔서요."
　나는 내 이야기를 마치 남 이야기하듯이 무미건조하게 말했다. 나쁜 일을 해서 조사받는 것도 아니고, 아파서 치료받을 때마저 듣는 사람이 나보다 더 무안해할 개인 정보를 늘어놔야 하는 게 이제는 그리 불편하지 않았다.

엄마는 없고 아빠와 둘이 사는 걸 자주 들켰다. 초등학교 4학년쯤부터는 상대방이 나를 배려해 빙빙 돌려서 물어보는 게 오히려 불편했다. 그래서 엄마는 따로 사는지 아니면 돌아가셨는지 조심스레 물어보기 전에 엄마가 이 세상 어딘가에 존재하긴 하는데 같이 살지 않을 뿐이라고 먼저 말하곤 했다.

"그러면 아빠랑 전화 통화라도 할 수 있을까? 미성년자라서 그냥 치료하기는 어려워, 영은아."

얼굴을 본 지 5분도 안 됐는데 내 이름을 기억해서 불러 주는 의사 선생님이 고맙기도 하고, 곧 수학 학원에 가야 해서 재빨리 아빠 전화번호를 알려 줬다.

"안녕하세요. 영은이 아버님이시죠? 여기 서울이엘치과인데요……."

얼굴에 초록색 천이 덮이자 입을 크게 벌렸다. 꽤 도톰한 천이었는데도 눈이 살짝 부셨다. 마취 주사가 꽤 따끔했다. 다들 똑같은 자세로 같은 색의 천을 같은 부위에 덮고 누워 있다고 생각하니 무슨 공장처럼 느껴졌다.

"많이 아팠을 텐데 잘 참더라. 앞으로 여섯 번 정도 더 치료해야 하니까 예약하고 가자."

이는 아팠지만 오랜만에 듣는 잘했다는 칭찬에 기분이 좋았다.

아픈 이를 치료하는 건 썩 유쾌한 일이 아니지만 나는 치과에 가는 날이 기다려졌다. 마지막 보철물을 끼우러 가는 날, 학교 수업이 늦게 끝나서 6시에 아슬아슬하게 치과에 도착했다. 예약한 시간보다 30분이나 늦었다.

"죄송합니다. 수업이 늦게 끝나서요."

"영은이 학생, 다른 날로 다시 예약 잡으면 안 될까요? 마감할 시간이라."

간호사 선생님이 난처한 얼굴로 말했다.

"이 선생님 괜찮아요. 지유가 여기로 오기로 했으니까 마무리는 제가 할게요."

대기실에 서 있는 나를 보고 의사 선생님이 말했다.

"오늘 예쁜 딸램이랑 데이트하시는구나. 아유, 부러워라."

"세월 금방 가요. 이 선생님도 한 10년만 있으면 세연이랑 쇼핑도 하고 그럴걸요?"

"아, 10년……. 지유만큼 크려면 아직 멀었는데요."

"금방 큰다니까요."

의사 선생님과 간호사 선생님 둘 다 딸이 있는 것 같았다. 나도 누군가의 딸이지만, 저런 대화의 주인공인 적은 없었을 것이다.

"영은이 세워 두고 우리가 말이 많았네. 미안! 영은아, 이리 올래?"

나는 종종걸음으로 의사 선생님에게 갔다.

"영은아, 치아 색하고 제일 비슷한 재료를 쓸 거야. 그래야 웃을 때 예쁘니까. 내가 아주 튼튼하게 해 줄게. 그렇다고 막 돌까지 씹어 먹고 그러는 건 안 되고. 알았지?"

의사 선생님의 뻔한 농담마저 웃겼다.

딸랑, 출입문에 걸린 풍경이 맑게 울렸다. 의사 선생님이 "조금만 기다려 줘."라고 말하자 소리 내지 않으려고 살금살금 걸어오는 발소리가 들렸다. 얼굴에 천을 덮고 누워 있던 나는 아까 온다던 의사 선생님 딸인가 생각했다.

무서운 치과 진료가 나는 왜 기다려졌을까. 나를 챙겨 주는 듯한 의사 선생님의 따뜻한 손길과 목소리 때문이었을까. 치료가 끝나면 홀가분해야 하는데, 오늘이 마지막이라는 게 못내 아쉬웠다.

"음, 또 보자고 하면 아프라는 말 같아서 또 보자고는 못 하겠네. 치아 잘 관리하고. 티 안 나게 내가 엄청 신경 썼으니까 이제 크게 웃어도 돼. 알았지?"

"감사합니다. 안녕히 계세요."

치과 건물 앞 버스 정류장에 서 있는데 학원 쪽으로 가는 버스가 금세 왔다. 버스를 그냥 보냈다. 이 버스를 놓치면 수업에 늦는다는 걸 알지만 발이 땅에 붙어 버렸다. 궁금했다. 사랑받고 자란 아이들은 티가 난다는데, 의사 선생님 딸은 나와 뭐가 다를지.

내 또래로 보이는 여자아이가 의사 선생님과 팔짱을 끼고 치과 건물을 나왔다. 엄마와 팔짱을 끼었다는 것만으로도 벌써 부러웠다. 사이좋은 모녀를 쓸쓸히 바라보다가 그들의 모습이 사라지자 죄 없는 보도블록을 괜스레 툭툭 걷어차며 중얼거렸다.

"괜히 학원만 늦었네."

나는 유일하게 나를 기다려 주는 곳으로 가야 했다. 분명 봄인데 내 마음에는 이상 기후처럼 눈이 내렸다.

내 인생에서 새엄마와 영이도 사라지고 충치도 사라졌다. 열일곱 청춘인데 내 인생의 새싹은 푸릇푸릇 돋아날 기미가 보이지 않았다. 아빠는 엄마가 의사와 재혼한 데서 오는 콤플렉스 때문인지 아니면 자식 자랑하기에는 그게 제일이라고 생각해서인지 의대를 강요했다. 가능성 없는 일을 요구하는 아빠가 답답했다. 전교 1등도 의대 가기 힘든 게 현실인데.

"요새 애들이 대학 가기 더 힘들다는 말? 인서울도 힘들다는 말? 그건 핑계야. 인터넷 발달해서 궁금한 거 검색만 하면 다 나와, 1타 강사 인강도 손쉽게 접하고 학원도 많은데 도대체 뭐가 문제냐? 나는 지금 태어났으면 공부가 제일 쉬웠겠다."

아빠의 '라떼는'이 시작되면 그 말들이 철벽을 쌓았다. 어느 누구의 의견이라도 튕겨 내는 아주 견고한 벽. 아빠가 게임에서 성을 쌓으면 깰 수 있는 사람이 아무도 없을 거라는 생각이 들었다. 산처럼 꿈쩍도 하지 않는 고집. 아빠 이름이 괜히 독고산이 아니었다.

"이제 고등학생이니까 내신 관리 잘해."

친구는 사귀었는지, 수업은 어떤지, 급식은 잘 나오는지 같은 질문은 없었다. 아빠와 나누는 대화 주제가 그저 성적뿐이라는 사실이 나를 더 고독하게 했다. 때리고 학대하지 않는 게 어디냐며 애써 만족했다. 인터넷 화면만 띄워도 생후 5일 된 자기 자식을 암매장했다, 부모의 학대로 온몸에 멍이 든 채 12살 아이가 숨졌다, 초등학생 때부터 40대 친부가 성폭행을 했다, 이런 사건 기사가 주르륵 떴다. 반인륜적 사건에 분개하다 보면 지금 내 처지에 감사하는 마음이 생겼다. 성적도 상대 평가, 삶에 대한 감정도 상대 평가. 비교는 나쁜 거라지만 인생은 절대 평가로 바꾸기 쉽지 않은 영역이었다.

고등학교에 적응하기는 어렵지 않았다. 우리 반에서 내가 맡은 1인 1역할은 휴대폰 관리였다. 아이들이 낸 휴대폰을 확인하다가 무심코 '그 아이'의 사진을 봤다.

'어? 의사 선생님 딸이다.'

10번 김현아. 현아의 휴대폰 뒤에는 그 아이와 함께 찍은 즉석 사진이 붙어 있었다. 무조건적인 사랑을 받고 자란 듯한 그 아이에 관해 알고 싶었다.

나는 보통 다른 아이에게 먼저 말을 걸지 않았다. 자존심이었다. 집에서 사랑받지 못해서 그런지 먼저 말을 거는 게 사랑을 구걸하는 태도처럼 느껴졌다. 현아는 내가 먼저 대화를 시도한 최초의 친구였다.

"저기, 이 문제 알려 줄 수 있어?"

물론 순수한 동기에서는 아니었다. 의사 선생님 딸과 친해 보인다는 이유 때문에 접근했다.

"네 설명 들으면 학원 안 가도 되겠는데? 완전 1타 강사."

"어떻게 알았지? 내 꿈이 1타 강사임."

"오, 목표 뚜렷한 거 진짜 멋지다."

"인정. 내가 좀 멋있긴 하지."

"근데 현아야, 네 휴대폰 뒤에 붙은 사진 누구야?"

"아, 내 베프 선지유. 푸른외고 다녀. 나도 거기 가려다가 내신 때문에 막판에 틀었어. 걔가 기숙사 생활을 해서 요샌 자주 못 봐."

"그렇구나. 부럽다, 그 친구. 나랑도 사진 찍자, 나중에."

"그래, 좋지. 지유까지 우리 셋이 친해지면 진짜 재미있겠다."

"어떤 앤데?"

"엄청 착하고 공부도 완전 잘해. 중학교 때 전교 1등이었어. 완전 넘사벽. 집에서 공부하라고 압박하는 것도 아닌데, 그냥 머리가 우리랑 달라. 타고난 천재. 근데도 잘난 척 1도 안 하고 배려심까지 쩔어."

공부 잘하고 다정한 엄마에 절친까지 있는 그 아이가 너무도 부러웠다.

"그나저나 영은아, 이번 중간고사 겁나 파이팅이다. 내 제자여, 그대의 성적이 수직 상승하길 바라오. 가자, 1등급!"

내 어깨에 손을 올리며 비장한 투로 말하는 현아의 두 볼이 마치 터지지 않고 볼록하게 솟은 계란프라이 노른자 같았다. 현아의 도드라진 뺨 가운데를 집게손가락으로 톡 눌렀다.

"고맙습니다, 선생님. 가르침 헛되지 않게 열심히 풀고 최선을 다해 찍어 보겠습니다."

나는 현아와 주먹을 살짝 부딪쳤다. 동그란 볼이 더 탱글탱글해지게 웃는 현아처럼 나도 볼이 쑤실 만큼 활짝 웃었다.

절친이 이런 느낌일까. 현아가 좋아질수록 그 아이가 더 부러웠다.

마지막 교시 시험이 끝나고 답을 확인하는 시간이면 교실은 함성과 탄식이 섞여 뜨거운 상태가 되었다. 반장이 답지를 가져오기도 전에 서로의 답과 맞춰 보며 1번에 5, 2번에 4, 떼창을 부르다가 의견이 엇갈리는 문항에서는 불협화음으로 돌림 노래를 불렀다.

"미쳤다. 네가 찍은 문제, 15번에 그대로 나왔어."

"이게 시험에 딱 나올 줄이야. 나 완전 족집게네. 설명은 또 얼마나 잘해줬어!"

"그래, 역시 1타 꿈나무. 네 덕분에 등급이 달라지겠어. 가자! 떡볶이 내가 쏜다."

"오케. 기분이 좋을 때는 매운맛, 기분이 나쁠 때도 당연히 매운맛이지."

현아와 왼발 오른발 맞춰 가며 비탈길을 내려가는 속도감이 좋았다. 몸이 앞으로 쏠려도 서로 잡은 손을 놓지 않는 안정감이 친분의 증빙 자료 같았다.

내가 먼저 다가가는 데는 생각보다 많은 용기가 필요했지만 그만큼 가슴 벅찬 일이었다. 현아를 시작으로 조금씩 원 밖에서 원 안으로 들어오는 사람들이 많아졌다. 성공에서 비롯된 자신감은 이성적인 판단을 흐리게 하는지, 나는 늘 벅차기만 한 아빠에게까지 손을 내밀고 싶어졌다. 시험도 꽤 잘 봤으니 아빠도 이번에는 칭찬해 줄지도 모른다는 생각에 들떴다.

"다녀왔습니다."

습관이었다. 정말 들어오기 싫은 집에 그래도 튕겨 나가거나 충동적으로 내빼지 않고 잘 도착했다는, 스스로에게 하는 칭찬 같은 거였다. 물론 돌아오는 대답은 없었다. 오늘만 빼고.

"이리 와 봐."

학부모 서비스로 이미 성적표를 확인한 아빠가 굳은 얼굴로 기다리고 있었다. 내 계산에는 없던 상황이었다. TV 아침 드라마가 이런 식으로 말도 안 되는 갈등을 넣던데……. 도무지 맥락이 없는 전개였다. 그 흔한 복선조차 없었다.

"너는 도대체가! 일반고에서 이 정도밖에 못 해? 수학은, 이것도 점수라고 받아 왔어?"

"열심히 했어요. 국어는 많이 잘 봤고……."

"듣기 싫다. 이 점수로 어떻게 의대를 갈 거야?"

소풍 전날, 날씨를 확인했을 때 비 예보가 없어 좋아했는데 막상 당일에 비가 오면 이런 기분일까. 차라리 아무 기대도 하지 않았으면 이렇게 처참하지는 않을 텐데. 현관의 센서 등이 반짝일 때만 해도, 신발을 벗을 때만 해도 내심 기대했다. 잘했다는 아니더라도 수고했다 정도는 말해 주지 않을까, 하고.

아빠에게 나는 어떤 의미일까. 실패한 결혼이 남긴 짐 덩어리? 잘난 자식이길 바랐는데 그렇지 못해서 볼 때마다 불평이 절로 나오는 유전자 조합의 오류? 랜덤 뽑기에서 나온, 버려도 그만인 조악한 장난감?

"아빠 기준에 못 미치면 아빠 딸 자격도 없는 거예요?"

"그래. 나는 이 정도 성적밖에 못 받는 딸은 싫다. 최고가 아니라는 건 성실하지 않다는 뜻이나 마찬가지야. 성실하지 않은 사람은 어려운 상황에서 아무 노력도 안 하고 쉬운 길로 피해 버리기 마련이고."

"저는…… 저는…… 엄마가 아니에요."

"그래, 너한테는 내 피도 섞였지. 하지만 너는 네 엄마를 너무 많이 닮았어. 그러니 더 노력해. 학생이라는 네 본분에서 최선을 다하라고."

아빠가 식탁을 툭툭 치며 비아냥거릴 때마다, 말로 때리지 말고 차라리 그냥 한 대 패는 게 낫겠다고 생각했다. 인두로 지지는 고문을 받던 조선 시대 죄인의 기분이 이랬을까. 내 마음에서 탄내가 나는데도 아빠는 코가 막혀 아무 냄새도 맡지 못하는 것처럼 꿈쩍하지 않았다.

아빠는 몰랐겠지만, 나는 언제나 오늘보다 내일이 더 나아지려고 애썼다. 가끔 멍하니 있을 때도 있었지만, 앞으로 나아가기 위해 구르는 발을 멈춘 적은 없었다. 속도감에 취할 때면 삶이라는 자전거가 잘 굴러가는 것 같다가도 사람들이 나를 밀어내는 느낌이 들면 무섭게 고꾸라졌다. 바닥에 나동그라져서 팔다리에 피가 흘러도 닦아 주는 사람은 아무도 없었다.

띠리리리, 현관문이 열렸지만 아빠는 나와 보지 않았다. 오늘은 학원 수업도 없고, 갈 데도 딱히 없었다. 카페에 가 있자니 카드 결제 알림 문자가 아빠 휴대폰으로 갈 것 같고, 현아에게 연락하자니 어두운 마음을 들킬 것만 같았다. 문득 의사 선생님이 떠올랐다. 내가 아는, 몇 안 되는 따뜻한 어른이기 때문일까.

걷다 보니 어느새 치과 앞이었다.

"엄마!"

"어이쿠, 우리 딸! 어쩐 일이야? 온다는 말 없었잖아?"

"서프라이즈~ 짠!"

"오, 중간고사 결과 나왔구나. 그렇게 열심히 하더니, 우리 딸 진짜 고생했네."

그 아이다. 의사 선생님의 딸 선지유.

"히히. 엄마가 똑똑하게 낳아줘서 그런가?"

"그렇기도 하지만 우리 지유가 그만큼 노력했으니까 당연한 결과 아니겠어?"

"엄마한테 제일 먼저 보여 주고 싶었어. 학원 가면 쌤한테 성적표 보여 줘야 하잖아. 그래서 가기 전에 들렀지."

"으윽, 엄마 감동! 감동을 너무 먹어서 쓰러질 것 같아. 오늘 학원 땡땡이, 콜?"

"정말? 2주에 한 번 가는 특강을?"

"우리 딸이 엄마 보고 싶어서 이렇게 왔는데 그냥은 못 보내지. 오늘은 엄마랑 놀자."

"그럴까? 그런데 시험 좀 잘 봤다고 이래도 되나?"

"못 봤어도 이래도 돼. 엄마랑 행복한 시간 보내는 것보다 중요한 게 어디 있니? 가자. 너 좋아하는 마라탕 먹자."

대화가 지나치게 길었다. 그것도 길에서 나누기에는 너무 과했다. 내 인생에는 저런 대화가 단 1초도 없었다. 왠지 화가 났다. 저 모녀가 나에게 잘못한 것도 없는데 솟구치는 분노를 참을 수 없었다. 누구는 날 때부터 다 갖고 태어나고, 누구는 아무리 바라고 원해도 가질 수 없다니.

"뭐가……. 뭐가 이렇게 불공평해. 나도 사랑받고 싶어. 나도 행복하게 살고 싶어. 내가 선지유였으면 좋겠어."

04
기회를 거절하지 않겠습니다

그때 성별을 알 수 없는 사람이 홀연히 내 앞에 나타났다. 회색빛 짧은 커트 머리는 보이시한 여자 같기도 하고 머리를 살짝 길러 웨이브를 넣은 남자 같기도 해서 성별을 특정하기 어려웠다. 흰색도 아니고 검은색도 아닌, 연회색 머리칼은 염색한 건지 세월에 물든 건지 분간이 가지 않았다. 피부는 지나치게 하얗고 주름 하나 없어 마치 비누로 만든 모형 같았다. 푸르기도 하고 보랏빛처럼 보이기도 하는 회색빛 눈동자가 머리칼과 하나가 되어 우리나라 사람이 아닌 듯 보였다. 손목에 두른 노란 리본만 빼면 꼭 흑백 사진에서 튀어나온 것 같았다.

"다른 사람이 되고 싶다고? 내가 그 소원 들어줄까?"

'전단만 들고 있으면 딱 도를 아십니까인데…….'

내 속마음을 눈치챈 걸까? 그는 사이비 종교 신도도, 물건 팔려는 사람도 아니라는 걸 보여 주려는 듯 내 눈앞에 한 편의 영상을 펼쳐 보였다. 화면 속에서 유치원생으로 보이는 내가 회색 고양이의 앞발에 노란 리본을 묶어 주고 있었다. 손가락으로 영상을 툭툭 건드리는 그의 손목에 묶인 리본의 노란색이 유난히 선명해 보였다.

'혹시……. 그때 그 회색 고양이?'

내 생각을 읽기라도 한 것처럼 그의 깊은 눈매가 나를 조용히 응시했다.

"내가 너를 그 아이로 바꿔 줄게. 단, 아무한테도 비밀을 말하지 않는다면 말이야."

솔깃한 제안을 하는 그의 부드러운 회색빛 머리칼이 흩날렸다. 말도 안 되는 소리지만 희한하게 믿음이 갔다. 나도 모르게 고개를 끄덕이고 있었다.

"저, 선지유가 되고 싶어요. 공부도 잘하고, 따뜻한 가정에서 저렇게 살고 싶어요."

"좋은 기회는 놓쳐선 안 되는 법이지."

그가 띄운 영상에 수많은 선이 연결되고 잔가지가 수없이 뻗더니 곧 회색으로 변했다. 그는 내 왼손에 회색 벽돌 조각 같은 알약을 올려놓았다. 손바닥에 놓인 알약을 먹지도, 그렇다고 손을 오므리지도 못하고 가만히 있었다. 손바닥의 생명선이 오늘

따라 진하게 느껴졌다. 슬리퍼에 달린 스마일 지비츠가 입이 찢어져라 웃는 것처럼 보였다.

빈속에 커피를 두 잔 거푸 마셨을 때보다 더 덜덜 떨며 손바닥을 입으로 가져갔다. 그렇지만 알약을 삼키는 순간에는 아무 일도 일어나지 않았다. 눈앞에서 외계인을 놓친 듯한 섭섭함만 남았다.

오늘 아침에는 일어날 때 머리가 조금 아팠다. 눈앞에 검은 점과 프리즘을 통과한 빛 같은 얇은 선들이 떠다녔다. 발표 준비를 하느라 새벽까지 컴퓨터 화면을 봐서 그런 것 같았다. 신호등 오른쪽의 역삼각형 초록 신호가 점점 줄어드는데도 건너지 않고 가만히 서 있었다. 열일곱, 딱 내 나이만큼 신호등이 깜박였다.

다시 눈을 떴을 때는 교문 앞이었다. 주변을 둘러보니 남학생은 회색 바지에 진한 남색 재킷을, 여학생은 카키색과 회색이 반듯한 간격을 이루는 체크무늬 치마에 역시 진한 남색 재킷을 입고 있었다.

나는 왼쪽 가슴에 달린 명찰을 보았다. 지금까지는 내 것이 아니었지만 앞으로 그렇게 불릴 이름, '선지유'. 명찰을 보니 명해졌다. 교문 옆에 적힌 학교 이름은 서화고등학교가 아니라 푸른외대부속고등학교였다. 바라던 바였지만 이게 과학적으로 가능한 일인지, 혹시 꿈은 아닌지 생각할 시간이 필요했다.

"지유야!"

하얀 차가 내 앞에 멈추더니 의사 선생님이 나를 지유라고 부르며 내렸다.

"미안, 엄마가 좀 늦었지? 우회전을 한 번 놓쳤더니 뺑 돌아야 하네."

의사 선생님이 내 어깨를 감싸안으며 조수석 문을 열었다. 이게 어떻게 돌아가는 형편인지 생각할 겨를조차 없이 내 의지대로 움직이는 타인의 몸을 차 안으로 집어넣었다.

7시. 자동차 시계로 시간은 확인할 수 있었다. 오늘이 며칠인지 궁금했지만 존댓말을 해야 할지 반말을 해야 할지 알 수가 없어서 물어보지 않았다. 등에 멘 가방을 무릎으로 옮겼다. 앞주머니에서 휴대폰이 만져졌다. 휴대폰을 얼굴 앞으로 올리니 잠금 화면이 풀렸다. 얼굴 인식 보안 시스템은 훌륭하지만 허술했다. 얼굴이 같다고 주인으로 인식하다니. 속이 이렇게 다른데. 휴대폰에 찍힌 오늘은 3월 14일 금요일이었다.

'내가 기억하는 오늘은 5월 23일 금요일인데.'

"내비가 200미터 앞에서 우회전이라고 하면 엄마는 이게 다음인지 그다음인지 너무 헷갈려. 나 이과였는데 왜 이러나 몰라. 우리 딸 많이 기다렸어?"

네, 라고 할지 응, 이라고 할지 고민하다가 대답했다.

"네."

"갑자기 웬 존댓말? 겨우 2주 못 봤다고 엄마가 막 어렵고 그래? 아니면 엄마가 너무 젊어져서 다른 사람 같아? 하긴 이번에 받은 레이저 시술이 효과가 좋더라. 다들 나보고 젊어졌대."

50퍼센트의 확률로 찍었는데 틀리다니. 시험 볼 때 두 개 중에서 하나를 찍으면 늘 틀렸는데 여기서도 그랬다.

차가 마라탕 가게에 도착하자 의사 선생님이 먼저 문을 열고 내린 뒤 조수석 문 옆에서 내가 내릴 때까지 기다렸다. 나는 조심스럽게 문을 열고 발을 내디뎠다.

"들어가자. 배고프지?"

내 어깨를 감싼 의사 선생님의 손이 어색하게 느껴졌지만 싫지 않았다. 나는 고개를 끄덕이며 안으로 들어섰다.

"이제 너랑 다니면 엄마더러 언니라고 그럴 것 같지 않니? 시간 내서 매달 받아야겠어."

의사 선생님이 마라탕 재료를 그릇에 담으며 속삭였다. 나는 어색해서 그냥 웃었다.

"선지유, 오늘 왜 이렇게 말이 없어? 미소 천사 콘셉트야? 응?"

"아니, 그냥 좀 졸려서."

거짓말은 아니었다. 갑자기 몸이 바뀐 탓인지, 온탕과 냉탕을 번갈아 오간 것처럼 묘하게 피곤했다.

　정신을 빼놓는 의사 선생님의 수다는 혼돈의 늪에 빠져 허우적대는 나를 쏙쏙 건져 냈다. 한없이 가라앉다가도 젓가락에 감긴 면발처럼 어느새 웃음에 돌돌 말려 올라왔다. 자기가 먹던 젓가락으로 단무지를 집어서 내 숟가락에 올려 두는 자연스러움이 낯설지만 친근하게 다가왔다.

　계산하는 의사 선생님의 얼굴을 바라보았다. 그리고 머뭇거리다 살며시 손을 잡았다. 따뜻했다. 엄마 손은 약손이라는 말이 이제야 이해가 갔다. 사랑이 손을 타고 내게로 흘러드는 것 같았다. 정말 잘해 보겠다는 결심과 앞으로 원하는 대로 살 수 있다는 설렘이 가슴 깊은 곳에서 올라왔다.

　선지유는 푸른외고 인기 동아리인 방송부 소속이었다. 선지유처럼 의대도 갈 성적이 되는 아이가 수학이나 과학 관련 동아리가 아닌 방송부라니 의외였다.

　선지유의 관심사를 알고 싶었다. 그래서 잘 해내고 싶었다. 나는 휴대폰으로 개인 정보를 인증해 SNS에 접속했다. 기자나 작가가 되고 싶은 건가, 그래서 방송부에 들어간 건가 추측하며 비공개 폴더를 클릭했다. 그리고 선지유의 꿈이 아나운서라는 사실을 알게 되었다. 게다가 아무런 어둠도 없을 것처럼 보이던 아이에게도 깊은 콤플렉스가 있다는 것, 선지유를 좀먹고 있던 것은 내가 당연하게 지니고 있던 외적 영역이라는 사실을 알고는 조금 혼란스러웠다.

한편으로는 내 눈에 완벽하게 행복해 보이는 사람도 나처럼 고민하고 누구를 부러워하는 다양한 색깔의 감정을 똑같이 품고 있다는 게 위안이 되었다. 하긴 생각해 보면 사계절은 누구에게나 공평하게 주어졌다.

"자, 신입생들. 한 달 동안 학교에 잘 적응했지? 4월이고 선후배는 친해져야 하니까 우리 마니또 하자. 기한은 2주. 성별 상관없이 랜덤으로 뽑을 거고. 비밀은 꼭 유지하기. 여기 이 상자는 1학년이 뽑고, 다른 하나는 2학년이 뽑을 거야."

내가 뽑은 종이에 '진혜율'이라는 글씨가 적혀 있었다. 허리까지 오는 긴 머리를 찰랑거리며 환하게 웃는 친절한 선배였다. 무얼 챙겨 줘야 할지 고민했지만 내가 챙겨 줄 수 있는 건 과자, 음료수, 오늘 하루 잘 보내라는 응원 편지밖에 없었다.

"지유야, 네 마니또가 진혜율 선배였다고? 완전 부러움. 우리 롤 모델이잖아."

마니또를 공개하는 날, 다른 1학년 아이들이 흥분하며 말했다. 진혜율 선배는 아이들의 이런 반응이 익숙한 듯 보였다. 하지만 나는 진혜율 선배를 닮고 싶다거나 본받고 싶다는 생각을 한 적이 없었다. 간식을 놓으려고 사물함을 열었을 때 이미 사물함 꼭대기까지 닿을 듯 쌓여 있는 간식과 편지를 봐도 부럽다는 생각은 들지 않았다. 예전의 나에게 아주 익숙한 풍경일 뿐이었다.

"그동안 나 챙겨 줘서 고마웠어."

"지유는 마니또 하면서 완전 행복했겠다. 부럽다."

"선배는 평소에 편지나 선물 받는 게 너무 많아서 지유가 준 게 어느 건지 구분도 못하셨을 것 같아요."

내가 뭐라고 대답하기도 전에 아이들은 모이에 달려드는 비둘기 떼처럼 진혜율 선배 곁에 모여 듣기 좋은 말들을 쏟아 냈다. 진혜율 선배에게 예쁨받고 싶어 하는 그 마음은 이해한다 쳐도, 아이들 말에 당연하다는 듯 고개를 끄덕이는 진혜율 선배의 모습에 기분이 이상해졌다. 하지만 생각해 보니 내가 특별하게 챙겨 준 건 없었다.

"선배, 마니또는 끝났지만 제가 나중에 도울 일 있으면 언제든 말씀해 주세요."

내 말에 진혜율 선배는 잠시 나를 바라보더니 새초롬하게 웃으며 고개를 끄덕였다.

"고마워. 말만으로도 충분해."

왠지 모르지만 나는 이 작은 연결이 계속될 것만 같은 느낌이 들었다.

"1학년 방송부 아나운서들은 지금 바로 방송실로 모여 주시길 바랍니다."

3교시 쉬는 시간에 스피커에서 방송부 부장의 다급한 목소리가 흘러나왔다.

"혜율이가 갑자기 아파서 조퇴했다는데, 하필 오늘 같은 날 유미랑 나정이는 현장 체험 학습 갔어. 혹시 1학년 중에 누가 점심 방송해 줄 사람 없니?"

갑작스레 2학년 아나운서 세 명이 전부 공석이라 1학년이 대신 방송을 맡아야만 했다. 1학년은 아직 한 번도 점심 방송을 한 적이 없는 데다 너무 급하게 방송을 맡는 건 위험 부담이 커서 아무도 선뜻 나서지 않았다. 무엇보다 진혜율 선배를 대신한다는 건 아무리 잘한다고 해도 비교될 게 뻔해서 모두 꺼리는 분위기였다.

"제가 할게요."

다들 머뭇거리고만 있을 때 내가 말했다. 진혜율 선배의 마니또로서 도와주고 싶은 마음이었다.

붉은 불빛이 켜지며 'ON AIR' 표시가 들어왔다. 마이크 앞에 앉자 긴장이 훅 밀려들었다. 곧이어 내 목소리가 스피커를 타고 학교 전체에 울려 퍼졌다.

"여러분, 안녕하세요. 여러분이 가장 기다리던 점심시간, 음악과 소식을 전해 드릴 저는 선지유입니다."

심장은 너울댔지만 목소리는 차분했고 발음은 또렷했다. 진혜율 선배가 쓴 대본과 음악 리스트가 앞에 놓여 있었다. 그러나 다른 사람이 쓴 대본을 그대로 읽기는 싫었다.

"먼저 오늘 급식 메뉴부터 알려 드리겠습니다. '수다날!' 수요일은 다 먹는 날이죠. 바삭한 찹쌀 탕수육과 윤기 흐르는 짜장밥! 그리고 달콤한 후식으로는 마시는 요구르트와 오렌지 푸딩이 준비되어 있습니다. 남기지 말고 맛있게 먹으며 즐거운 시간 보내길 바라며 다음 곡 들려 드릴게요. 다음 노래는……."

노래가 흐르는 동안 다음에 이어갈 멘트를 빠르게 적었다.

"방송에서 급식 메뉴 소개라니, 신선했어. 탕수육이라는 말에 교실에서 박수 소리 나더라. 오늘 혜율이 대신 방송 진행해 줘서 고마워."

방송부 부장의 칭찬에 나는 어깨가 으쓱했다.

방송을 마치고 늦은 점심을 먹으러 급식실로 뛰어가다가 복도에서 남학생과 세게 부딪혔다.

"아, 죄송합니다."

명찰이 초록색인 걸 보니 같은 1학년이었다.

"괜찮아. 나도 앞을 잘 못 봤어."

그 아이가 손에 콜라 캔을 든 채 교복 셔츠를 털며 말했다. 다행히 나는 콜라가 실내화에 조금 튀었을 뿐, 그 아이처럼 옷으로 쏟아지지는 않았다.

"진짜 진짜 미안해. 내가 세탁비 줄게."

"아니야. 교실에 체육복 있어서 괜찮아. 신경 쓰지 마."

그 아이는 환하게 웃으며 말하고는 가던 길을 갔다. 나는 더 늦었다간 점심은 굶게 될 판이라 정신없이 급식실로 향했다.

5교시는 수준별 심화 수업이었는데 수학 선생님은 분명 죄가 없었다. 외계어를 하는 것도 아니었고 말이 빠르지도 않았다. 다만 아무도 알아듣지 못한다는 점이 문제였다.

"야, 너희 외계인이야? 왜 한국말을 아무도 못 알아듣지? 이거 겨우 고2 3월 학력 평가 문제야. 선행 좀 한다는 고1이면 못 푸는 게 이상한 거라고."

외계인이라는 선생님의 표현에 속이 뜨끔했다. 나는 사람이긴 하지만 내가 처한 상황이 평범하지는 않으니까. 그런데 모순적이게도 선생님의 외계어 같은 말을 해석하는 아이는 나뿐인 것 같았다.

"선생님, 제가 풀어 볼게요."

칠판 하나를 통으로 쓰며 깔끔하게 문제를 풀었다. 아이들은 넋을 놓고 바라보았다. 풀이가 끝나자 놀란 눈빛들과 침묵이 버무려진 끝에 박수가 터져 나왔다. 지금 나의 가장 큰 장점이 공부라는 사실에 심장이 뛰었다.

"저기, 혹시 이거 알려 줄 수 있어?"

고개를 들어 보니 아까 복도에서 부딪혔던 아이가 멋쩍게 웃으며 서 있었다.

"아! 너도 이 수업 들어?"

"응, 1학년 때 수학 심화 들어 놔야 편하니까."

어디서 본 듯한 시작이었다. 이런 걸 데자뷔라고 하나. 내가 현아에게 다가간 방법과 과목만 다를 뿐이었다.

은호와 가까워진 계기는 고작 수학 심화 문제였다. 같이 고민하는 게 좋았고, 예전에는 어려운 개념을 접할 때 조바심이 컸다면 지금은 알아 가는 기쁨이 컸다. 샤프가 거침없이 움직이는 것만으로도 행복했다. 머리가 다르다는 게 이런 건가 싶었다.

"야, 너 진짜 멋있다!"

은호가 나에게 하는 말의 70퍼센트는 멋있다, 천재다, 도대체 어떻게 이걸 아느냐 등 경외심을 드러내는 표현이었다. 마치 팬

이 가수를 보고 '누나 멋져요.' 하는 것처럼 나를 대했다.

"야, 왜 그렇게 쳐다봐. 부담스럽게."

"멋있어서. 이런 문제를 어떻게 그렇게 쉽게 푸냐. 존경스럽다, 진짜!"

"헛! 오글."

꽤 만족스러운 삶이었지만 다른 사람으로 산다는 게 무조건 마음 편하지만은 않았다. 외로웠던 독고영은으로서의 하루하루가 기억에서 완벽하게 사라질 수 없을뿐더러 사랑하는 엄마를 볼 때면 마음 한구석이 답답해질 때가 있었다.

그런 날이면 학교 옥상에 올라갔다. 옥상 자물쇠가 고장 난 걸 아는 사람이 많지 않아서 이곳에서는 온전히 혼자만의 시간을 즐길 수 있었다. 휴대폰 카메라 렌즈를 통해 밤하늘을 올려다보기만 해도 가슴이 시원해졌다. 가만히 바라보노라면 까맣기도 하고 푸르기도 한 한없이 넓은 공간의 오묘한 색이 매끄러운 종이로 보였다. 여기서 점프하면 저 윤기 나는 하늘로 쏙 들어가 하얀 점 하나가 되고 싶었다.

"어, 너도 여기 오냐?"

뒤를 돌아보니 은호가 아이스크림을 입에 물고 서 있었다.

"안녕. 여긴 어쩐 일이야?"

"그건 내가 할 말이야. 여긴 내 아지트인데. 나 밤하늘 찍는 거 좋아해서 여기 자주 와."

자연스레 내 옆으로 다가선 은호에게 나는 휴대폰에 담은 밤하늘을 보여 주었다.

"오, 제법 잘 찍는걸! 그런데 장노출 지원하는 앱 활용하면 더 잘 찍을 수 있어. 내가 전에 찍은 거 보여 줄게."

은호는 사진 찍기를 좋아하는지 수학 문제를 풀 때와 달리 목소리에 생기가 돌았다. 은호의 열정적인 모습을 보니 나도 덩달아 기분이 좋아졌다.

"여기 와서 사진을 찍으면 내가 대학에 가려고 태어난 존재 그 이상이 된 것 같아. 너야 워낙 공부를 잘하니까 이런 말 이해가 안 가겠지만."

은호가 한숨을 길게 내쉬었다. 공부를 잘하지 않는다고 해서 가치 없는 사람은 아닌 건데. 나는 은호의 마음을 누구보다 잘 이해할 수 있었다. 아무리 책상 앞에 버티고 앉아 있어도 아빠의 기대를 채울 수 없었던 독고영은으로서의 수많은 나날이 생각났다.

"저기 봐. 별 진짜 또렷하다."

구름이 자리를 옮기자 모습을 드러낸 별이 은호와 내 휴대폰에 담겼다.

옥상에서 보내는 시간은 현실이 아닌 다른 차원의 세계처럼 느껴졌다. 내가 누구건 간에 옥상에서는 모든 게 조금은 덜 현실적이었고, 그래서 조금 더 자유로웠다.

어떤 날은 사진작가가 되고 싶은데 부모님의 생각은 다르다는 은호의 고민에 고개를 끄덕였다. 정답이 없는 이야기를 되풀이했지만 다른 사람에게 위로가 되었다는 것만으로도 충분했다. 또 어떤 날은 서로 사진을 찍어 줬다. 의외의 공간에서 예상치 못하게 시작된 은호와의 만남은 규칙적인 약속을 잡는 만남으로 이어지고, 우정의 밀도가 점점 높아졌다.

"동아리 행사 때 방송부에서 전통찻집 여는데, 너 올래? 그날 선배님들이 노래방 기기도 빌린대."

"방송부? 아……."

"왜? 오기 싫어?"

"아니야, 갈게."

은호는 방송부라는 말에 머뭇거리는 표정을 짓다가 이내 오겠다고 약속했다.

동아리 행사 날, 준비가 한창인 방송부 전통찻집 부스에서 진혜율 선배가 나에게 다가왔다.

"지난번에 나 대신 방송했다며."

따뜻하고 상냥한 목소리가 아니었다. 톤이 조금 높고 표정이 좋지 않았다.

"그런데 그냥 내 대본대로 하지 그랬어. 방송이 장난도 아니고, 무슨 급식 메뉴 소개야? 그건 좀 별로였던 것 같아."

"부장 선배님은 좋다고 하셨는데요."

"그야 너 자신감 얻으라고 그렇게 말한 거겠지."

내 입에서 죄송하다는 말이 나오기를 기대하는 걸까. 나를 빤히 바라보던 진혜율 선배가 다시 입을 열었다.

"어쨌든 고마웠어. 다음부터는 부탁할 일 없겠지만."

진혜율 선배는 고맙다는 말과는 다르게 냉랭하게 굳은 표정을 지었다. 5월의 바람은 부드럽기만 한데 진혜율 선배와 나 사이에는 날카로운 긴장감이 맴돌았다. 무슨 말을 더 하다가는 감정싸움으로 번질 것 같았다. 행사 시작 시간이 다 된 게 그나마 다행이었다.

사람들이 슬슬 전통찻집으로 모여들었다. 그때 테이블에 앉아서 손을 흔드는 은호가 눈에 들어왔다.

"오랜만이다."

내가 은호에게 다가가기도 전에 진혜율 선배가 먼저 은호에게 인사를 했다. 두 사람이 아는 사이라는 말은 듣지 못했는데. 진혜율 선배를 대하는 은호의 표정이 어딘지 모르게 불편해 보였다.

"저 오늘 지유 손님으로 온 거예요."

"아, 그래? 난 또 나 보러 온 줄 알았지. 지유랑 둘이 친한 줄은 몰랐네. 그럼 재미있게 놀다 가."

진혜율 선배는 메뉴판을 들고 서 있는 나를 힐끗 바라보았다. 그리고 여전히 미소를 띤 채 신경 쓰지 않는다는 표정으로 다른 테이블로 갔다. 정신없이 주문을 받고 서빙할 때 진혜율 선배가 마이크를 잡았다.

"안녕하세요. 오늘 방송부의 전통찻집을 찾아 주셔서 감사합니다. 지금부터 방송부원들의 라이브 무대를 시작하겠습니다."

노래는 음색이 좋은 부원들이 부르기로 미리 정했기 때문에 나는 열심히 박수를 쳤다. 그런데 진혜율 선배의 입에서 나온 이름은 바로 나였다. 무슨 영문인지 몰라서 얼떨떨한 표정을 짓는 나를 진혜율 선배는 여전히 웃으며 바라보았다.

선배님~ 저는 노래를 잘 못해서 동생한테 노래는 듣기만 하라는 말까지 들었는데, 선배님은 노래를 참 잘하셔서 멋져요.

내가 마니또일 때 진혜율 선배에게 쓴 쪽지 내용이 머릿속을 스쳐 지나갔다. 내가 음치라는 걸 뻔히 알면서 일부러 지명했다는 생각을 지울 수 없었지만, 내 이름을 부르며 환호하는 분위기에서 정색할 수는 없었다. 내가 노래를 끝까지 부르지 않기를 기대했겠지만 나는 진혜율 선배가 원하는 대로 하고 싶지 않았다.

목소리가 염소 울음처럼 나오고 음정과 박자가 전혀 맞지 않아도 끝까지 불렀다. 구경하던 사람들이 처음에는 피식피식 웃다가 내가 "다 같이!"라고 외치자 노래를 따라 불러 주었다. 실력은 별로였지만 재미있는 무대를 만든 것은 확실했다. 내 등에 달라붙어 있던 창피함, 모욕감, 당황스러움 같은 여러 감정이 툭툭 떨어져 바닥을 뒹굴었다. 은호가 박수를 치다가 입가에 두 손을 모으며 환호하는 모습에는 절로 웃음이 나왔다.

"선지유, 부먹? 찍먹?"
"난 부먹. 넌?"
"오~ 찍먹이 대세인 시대에 부먹 동지를 만났네. 감격!"
"나 오늘 노래 되게 못했지."
"응. 완전. 정말 대단했어."
"그 정도야?"
"응. 그런데 또 그만큼 완전 멋있었어. 한복 입고 팝송을 그렇게 부르는 건 흔히 볼 수 없지."
"내가 좀 멋있기는 하지."

"그래. 수학 문제 올킬할 때 다음으로 멋있더라."

"참, 너 진혜율 선배랑 아는 사이야?"

"아……, 내가 예전에 좋아했어. 중학교 때. 그런데 지금은 아니야."

그럼 지금은 누구를 좋아하는지 내가 물어보기도 전에 은호가 먼저 말했다.

"나 지금은 너 좋아해."

"내가 왜 좋은데?"

"그걸 어떻게 아냐. 그냥 스며든 거지. 옥상에서 너 만난 날, 진짜 힘들었거든. 중학생 때는 공부 좀 한다는 소리를 들었는데, 지금은 실력도 부족한 주제에 괜히 푸른외고에 왔나 하는 싶고. 부모님은 성적 얘기만 하거든. 내 속이야기 들어 준 사람, 네가 처음이었어. 너랑 사진 찍는 것도 행복했고."

누가 나로 인해 행복했다는 말을 들으니 수많은 반딧불이가 한순간에 날아올라 빛을 밝히는 것처럼 환해지는 기분이었다. 그 빛이 천천히 퍼져 코끝에서 달콤한 향이 번지고, 살짝 간지러운 듯한 설렘이 마음을 톡톡 두드렸다. 마치 어두운 방 안에 유리구슬 조명이 하나둘 켜지는 것처럼 내 안에 꽁꽁 여며져 있던 동그란 기쁨들이 차례차례 모습을 드러내는 느낌이었다.

"야, 그런데 무슨 고백을 중국집에서 하냐. 다음에 다시 해. 혹시나 해서 말하는데, 꽃은 준비하지 말고."

좋기도 하고 부끄럽기도 한 마음이 멋쩍어서 단무지를 야무지게 베어 먹었다. 명랑하고 따뜻한 게 이렇게 좋다니. 웹툰에서 무림 고수가 거침없이 칼을 휘두르듯, 다가오는 사람의 마음을 거침없이 깎아 버리곤 했던 지난날이 후회되었다.

3교시 체육 수업에 가던 중 생리가 시작되는 느낌이 들었다. 같이 가던 친구들을 먼저 보내고 생리대를 챙기러 교실 쪽으로 갔는데, 아직 교실에 있는 아이들 목소리가 들렸다.

"야, 이은호랑 선지유 완전 안 어울리지 않냐."

"키 차이부터 장난 아님. 무슨 고목나무에 매미 붙은 줄."

"크크, 키하고 얼굴이 동시에 작으면 또 모를까. 얼굴은 이은호가 더 작아. 선지유 걔는 키랑 어깨만 작아서 꼭 숟가락 같아."

"이은호는 여자 얼굴 안 보나? 왜 사귀어?"

"뻔하지 않냐? 등급 올리려고 그러겠지."

"근데 이은호 성적 괜찮지 않아?"

"걔 중간고사 잘 못 봤을걸? 내가 교무실 심부름 갔다가 들었는데 선지유가 톱이래."

"뭐야. 공짜로 성적 올리려고 선지유랑 사귀는 거야?"

"매매혼하고 거의 동급?"

"야, 늦었다. 체육 지랄하겠다. 가자."

잠시 고민했다. 이 순간 모습을 드러내서 나도 거친 언어를 쏟아 낼까, 아니면 마주치지 말까. 깊이 생각할 여유가 없었다. 아이들이 앞문으로 다가오고 있었다. 얼른 복도 기둥 뒤로 몸을 숨겼다.

독고영은으로 살 때는 가끔 달리던 SNS 악플에 댓글조차 달지 않고 무시하던 나였다.

- 어플 빨. 뒤에 엘리베이터 휜 거 봐.
- 쌍꺼풀 어디서 함?
- 표정 존나 구림.

자신을 드러내지 않는 인터넷 공간에서 무의미한 사람들에게 받는 키보드 공격은 없을 수가 없었다. 칭찬하는 댓글이 95퍼센트라면, 알지도 못하면서 나를 단정 짓는 5퍼센트의 사람들이 있었다.

운동장을 둘러봤다. 내가 은호와 사귀는 걸 아무렇지 않게 생각하는 친구들이 대부분으로 보였다. 다들 자기 인생에 집중하고 있을 뿐, 은호와 나를 보며 나쁘게 생각하는 것처럼 보이지는 않았다. 가서 따져 볼까, 나도 똑같이 비아냥거려 볼까, 쟤네 앞에서 은호와 보란 듯이 붙어 있을까……. 고민해 봤지만 무엇 하나 속 시원히 마음에 드는 방법은 없었다.

  흔들리는 나를 바로 서게 만들어 준 사람은 의사 선생님, 아니 엄마였다. 엄마는 나에게 택배 보낼 일이 있으면 포스트잇에 편지를 적었다. 톡이나 전화와는 다른 감동을 준다는 걸 엄마는 알고 그러는 건지. 그렇다면 의도는 명중했다. 남학생들에게서는 숱하게 받아 봤지만, 가족에게는 처음 받는 편지라 느낌이 달랐다.

  우리 지유 안 그래도 예쁜데 렌즈 끼고 더 예뻐지겠네~

  지유야, 건강이 최고야. 알지? 엄마는 언제나 널 사랑해. 곁에서 잘 먹이고 싶은데……. 이렇게라도 엄마 사랑을 보낸다. 집에 올 때 맛난 거 먹자! 곧 봐.

  우리 지유에게는 다른 사람들을 당기는 힘이 있어. 지금처럼 맑은 기운을 잃지 않고 자신과 타인과 사회를 사랑하는 사람으로 성장하길.

  짧지만 온 마음을 꾹 눌러 담은 엄마의 편지가 내가 나아가야 할 방향을 알려 주었다. 기분 나쁜 말을 듣는다고 똑같이 되돌려

주거나 파괴적인 행동으로 반응하는 건 엄마가 원하는 딸의 모습이 아니라는 생각이 들었다. 따라서 지금 내가 해야 할 일은 되갚음이 아니라 더 열심히 사는 것. 그래서 나 스스로 중력 같은 매력을 느낄 기회가 많아지는 게 진짜 의미 있는 일이었다. 나는 나를 사랑해 주는 엄마의 마음을 내 안에 담아 두었다. 만약 마음이 무너질 경우가 생긴다면 그 기억을 꺼내서 보호막을 치며 견디고 버틸 수 있을 것 같았다.

모든 일상이 기적 같으면 얼마나 좋았을까. 하지만 그렇지는 않았다. 지금의 삶도 완벽한 건 아니었다. 그건 전래 동화에나 나올 법한 결말이었다. 아니, 전래 동화에도 뒷이야기가 있었다면 콩쥐는 얼굴만 보고 사랑에 빠진 금사빠 사또에게 언젠가는 배신당했을 것이고, 망부석을 매질한 사또는 어느 똑똑한 백성이 윗선에 알려 백성을 기만한 죄로 문책당했을 것이다. 겨우 고등학교 1학년이 인생을 논한다는 건 좀 우습지만, 어떤 삶도 완벽하게 아름답기는 힘들었다. 은호는 1학기 기말고사를 2등급 문을 닫고 마무리 지으면서 전학을 확정했다.

"서화고로 가기로 했어. 서화고 정도면 무난하게 1등급 나올 수 있을 거라고 입시 컨설팅 학원에서 그랬대."

'서화고로 간다고? 거기에는 내 몸이 있는데.'

SNS도 일부러 찾아보지 않았다. 새 몸에 적응하기도 바빠서라는 이유는 핑계일 뿐이고, 예전의 나를 마주할 자신이 없었다. 은호가 현생의 독고영은을 만날 수도 있다고 생각하니 불안하고 기분이 이상했다. 습기를 잔뜩 머금은 공기 탓에, 떼어 내도 금세 다시 얼굴에 들러붙는 머리카락이 오늘따라 유난히 성가셨다.

아이 앰 유, 아이 앰 뉴
I am you, I am new

"오늘은 축제 아이디어를 하나씩 내 보자."

축제 계획을 의논하기 위해 1, 2학년 방송부원이 방송실로 모였다.

"2부 사회는 작년처럼 혜율이가, 1부 사회는 지윤이나 윤영이가 하면 어때?"

다들 괜찮다는 듯 고개를 끄덕였다. 나만 빼고.

나는 SNS 개인 정보에서 본, 아나운서가 되고 싶다던 선지유의 꿈이 생각났다. 나도 모르게 큰 소리로 말했다.

"저도 사회 보고 싶어요."

다들 놀라서 나를 쳐다봤다.

"지원자 받아서 해야 하는 거 아니에요?"

"어……, 지유야. 아무래도 다른 학교에서도 유명한 지윤이나 윤영이가 낫지 않을까?"

"저도 사회자 꼭 해 보고 싶어요."

다들 당황한 표정이었다.

"그럼, 내일 방송부 자체 오디션을 여는 걸로 하자. 그게 가장 공정한 것 같은데."

방송부 부장이 이렇게 말하자 지윤이와 윤영이를 추천했던 선배도 떨떠름하게 고개를 끄덕였다.

다음 날, 방송실 책상에는 행사 때 쓰는 뽑기 상자가 올려져 있었다. 부원들의 흥미진진해하는 눈빛을 배경으로 후보자들이 차례대로 상자에 손을 넣었다. 내 차례가 되어 뽑은 주황색 탁구공에는 숫자 2가 적혀 있었다.

"오프닝과 클로징 멘트 준비한 것 보여 주고, 왜 자기가 사회자에 어울리는지 발표해 보도록 하자."

1번을 뽑은 지윤이의 멘트로 오디션이 시작되었다.

지윤이는 준비한 원고를 매끄럽게 읽었다. 마지막 문장을 마치고서는 아직 두 명이나 남았는데도 벌써 뽑힌 것처럼 얼굴에 자신감이 넘쳤다. 나는 솔직히 외모가 뛰어난 편이 아니라 이미 제친 카드였을 테고, 윤영이는 말솜씨도 별로고 목소리도 매력이 떨어지니까 자기가 뽑히는 건 따 놓은 당상이라는 지윤이의 생각이 표정에 고스란히 드러났다.

"다음은 2번 선지유."

나는 천장을 한 번 바라보고 숨을 크게 내쉬었다. 하지만 오프닝에서 클로징 멘트로 갈수록 떨림마저 즐기게 되었다.

"저는 제가 평범하면서도 또 누구보다 비범하다고 생각합니다. 이번 축제의 슬로건인 '일상의 기적', 저와 참 잘 어울리는 문구입니다. 저는 말의 힘으로 고요 속에 잠들어 있는 사람들의 행복을 꺼낼 자신이 있습니다. 무대는 다수에게 선한 영향력을 전달할 수 있는 매력적인 공간이고 저는 많은 사람을 기쁘게 하고 싶습니다. 그게 제가 푸른외고를 지원한 이유이자 더 나아가 방송부를 선택한 동기입니다. 그 시작이 축제 사회자였으면 좋겠습니다. 저는 다른 사람이 걸어간 길을 그대로 따라가는 게 아니라 새로운 방법으로 일상의 기적을 일으키는 축제를 만들어보겠습니다. 감사합니다."

가을바람에 머리칼이 살랑 흔들리고, 얼굴 위로 쏟아지는 햇살이 부드러웠다.

방송부 부장이 마지막 투표용지를 꺼내서 펼쳤다.

"이번 축제 사회자는 선지유."

누구는 박수를 쳤고 또 누구는 떨떠름한 표정을 지었다. 나는 칠판 위 내 이름 옆에 가지런히 그어져 있는 사선들을 바라보았다.

'진짜, 내가 된 거야?'

심장 뛰는 소리가 다른 사람에게 들릴 정도로 쿵쿵 울렸다.

축제 준비는 순조롭게 진행되었다. 무대를 빛내고 싶은 학생들의 신청서가 학생 자치회와 예체능부로 차곡차곡 접수되었다. 공부하면서 언제 이렇게들 열심히 준비했는지 놀라울 정도였다. 1부는 개별 공연, 2부는 동아리별로 장기 자랑을 준비했다. 방송부에서는 1학년이 주축이 되어 댄스를 준비하기로 했다.

"우리 1학년 여자 부원이 다섯 명인데, 어떤 걸그룹 곡을 하면 딱 맞을까?"

"안무가 쉬우면서 신나는 곡이 뭐 있지?"

인기 있는 걸그룹 이름이 다 나왔다.

"아, 대체 뭘 하냐고!"

한 시간이나 궁리했지만 결론이 나지 않았다.

"최근 그룹 말고 좀 지난 건 어때?"

내가 의견을 냈다.

"걸그룹 춤은 댄스 동아리 애들이 당연히 할 테니 너무 겹치잖아. 축제에 부모님들도 오시니까 부모님 세대가 젊었을 때 유행한 댄스곡은 어떨까? 오랜만에 학교 와서 축제를 즐기시면 학창 시절 느낌 제대로 날 텐데. 그럼 우리 완전 효도하는 거 아냐?"

나는 엄마가 식사를 준비할 때 "하이, 빅스비. HOT의 〈캔디〉 좀 틀어 줘."라며 어깨를 덩실거리면서 식탁에 접시를 내려놓는 모습을 떠올리며 말했다.

"괜찮은데? 백 투 더 패스트!"

"걸그룹 콘셉트보다 오히려 될 것 같아."

"오, 선지유. 역시 괜히 전교 1등이 아니네. 아이디어 찢었다!"

지윤이 빼고 나머지 친구들이 찬성했다. 지난번에 사회자에서 밀린 후로 지윤이는 나에게 말을 걸지 않았다. 모든 아이와 사이좋을 수는 없었다. 안무 연습을 하다가 동선이 겹칠 때 조금 불편할 뿐. 적대감이라는 감정은 실재하지만, 만질 수도 볼 수도 없으니 누구에게 미움받는다고 해서 지나치게 신경 쓸 필요가 없었다.

> 지유야, 축제 초대권 구해 줄 수 있어?

은호였다. 내가 사회자인 걸 보면 은호가 얼마나 놀랄까. 생각만 해도 즐거웠다.

"안녕하세요, 푸른외고 학우 여러분. 제32회 축제 1부 진행을 맡은 선지유입니다. 정말 많은 분이 오셨는데요. 모두 만족할 만한 아주 다양하고 열정적인 무대가 준비되어 있습니다. 무척 기대되시죠? 오늘 이 시간이 여러분의 모든 걱정과 더 잘해야 한다는 조바심까지 걸러 주는 마법의 체가 되기를 바라며 첫 번째 무대 만나 보겠습니다."

흔들리는 손의 물결이 압도적으로 느껴졌다. 내 말이 무대를 휘젓다 관객에게 가 닿을 때 딱 맞는 내 자리를 찾았다는 걸 알았다. 1,000피스 퍼즐의 마지막 한 조각을 맞추는 짜릿한 기분이었다. 내 삶 전체를 유의미하게 만드는 마지막 한 조각을 나는 뜻하지 않게 타인의 인생을 살면서 발견했다.

"선지유, 다음 무대 세팅하는 데 시간이 걸릴 것 같으니까 시간 좀 끌어 줘."

마지막 순서를 앞두고 기계팀 총괄 담당이 다급히 말했다.

"얼마나요?"

"10분 정도?"

재치로 채워야 하는 시간이었다. 호흡을 크게 한 번 하고 무대 한가운데로 나갔다.

"다음 무대를 세팅하기 전까지 시간을 끌어 달라는 명을 받았습니다. 푸른외고인답게 당황하지 않고 창의력을 발휘해 볼게요. 자, 가 보겠습니다! 음향팀, 댄스곡 주세요."

고개를 끄덕이는 동작으로 시작한 몸짓이 점점 무대를 자유롭게 누볐다. 관객의 손을 머리 위로 들어 올리게 유도하기도 하면서 무대를 이끌었다. 처음에는 엉거주춤하던 사람들도 내 춤에 흥겨워하며 함께 몸을 흔들었다. 대형 스크린과 생생한 사운드로 관객들의 마음을 사로잡아 함께 흥얼거리는 분위기를 만들 수 있어서 마음이 벅찼다.

"더 뛰어 주실 수 있어요? 푸른외고 소리 질러 주세요!"

터져 나오는 함성과 '내일 걱정은 내일모레'에나 하라는 노래 가사, 그리고 역대급 떼창 속에서 축제는 무르익어 갔다. 기계팀에서 이제 준비됐다는 신호가 떨어졌다. 음악은 멈췄지만 관객들은 계속 나를 찾았다. 숨을 헐떡이고 땀을 닦으며 나는 쉼 없이 반짝였다.

1부에서는 오디션에 합격한 팀이 공연을 하고, 2부에서는 동아리에서 준비한 공연을 했다. 사실 나는 중학교 체육 대회나 축제 때 춤에서 빠진 적이 없었다. 그리고 1부 때 나에게 쏟아진 환호의 여운이 사라지지 않았고 동아리 공연도 제대로 즐길 준비가 되어 있었다. 그러나 늘 주인공일 수는 없었다.

지윤이가 카메라에 잡힐 때마다 관객들은 환호했다. 분명 똑같은 안무로 춤을 추는데 지윤이가 가운데로 나올 때는 "존예!

존예!"라는 외침이 가득했다. 어색하고 민망했지만 춤을 멈출 수는 없었다. 지윤이는 아이돌이고 나는 백댄서가 된 느낌이었다. 내가 가운데로 나갔다고 야유를 보내는 건 아니지만 왠지 얼른 자리를 비켜 줘야 할 것 같았다. 춤을 어떻게 마무리했는지 모를 지경이었다. 그저 한시바삐 이 무대를 내려가고만 싶었다.

"와, 정말 멋진 무대였습니다! 그런데 어떤 분이 센터에 서면 엄청난 함성이 쏟아지던데, 이 자리에 한번 모셔 볼까요?"

진혜율 선배는 지윤이를 무대로 불러 올렸다. 부끄러워하는 지윤이를 카메라가 원샷으로 잡자 또다시 함성이 터졌다.

"안녕하세요. 센터에 설 때마다, 카메라에 잡힐 때마다 난리가 났어요. 누군지 자기소개 부탁드려요."

"안녕하세요. 저는 1학년 차지윤이라고 합니다. 푸른외고 방송부원이고요. 예쁘게 봐 주셔서 감사합니다."

"네, 솔직히 말씀드리면 제가 엄청 사랑하는 후배인데, 관객 여러분도 역시 눈이 높아서 인재를 알아보시네요. 혹시 우리 지윤이에게 궁금하신 점 있나요?"

"어쩜 그렇게 예뻐요? 본인이 예쁜 거 알아요?"

"남자 친구 있어요?"

여기저기서 관객들이 쏟아 내는 말들이 지윤이 볼에 쏙쏙 박혀 보조개를 만들었다.

'예전의 나였다면…….'

나는 내 자리를 빼앗긴 것만 같은 기분이 들었다. 그러나 이내 고개를 힘껏 저었다.

사람은 누구나 어둠으로 얻어맞은 생채기가 마음 곳곳에 있다. 그 상처에 약을 발라 줄 누가 있다면 언젠가 피멍은 사라지지만, 주변에 마음을 나눌 이가 하나도 없으면 정상적인 삶과는 안녕을 고하게 된다. 끊이지 않는 파랑(波浪)은 사람의 마음마저 파랗게 멍들게 한다는 걸 나는 잘 안다. 그렇지만 지금의 나에게는 다행히 치료제가 있었다.

> 우리 딸 엄청 멋있더라! 언제 그렇게 춤을 연습한 거야.
> 오늘 뒤풀이 있지? 엄마랑 아빠는 나중에 집에서 보자.
> 재미있게 놀다 와. 사랑해, 우리 지유!

> 여친님, 통화 가능할 때
> DM 보내십시오. 선지유 짱!

> 와, 선지유! 이렇게 멋질 일?? 감동!!
> 오늘은 너 바빠서 얼굴 못 볼 것 같아 그냥 간다.
> 방학 때 꼭 보자. 사랑해~

선지유라고 부르지만 사랑하는 사람들의 격려와 칭찬은 오롯이 내 것이었다. 격렬하게 밀려온 사랑의 파도가 마음 곳곳에 낀

못난 생각이 말라비틀어지기 전에 싹 쓸어 갔다.

　주말은 기숙사에서 잠과 기말고사 공부로 채웠다. 어김없이 찾아온 월요일은 피곤 속에서 시작했지만 1교시까지는 평화로웠다. 그런데 1교시 끝나고 쉬는 시간에 사건이 벌어졌다.
"지유야, 싸움 났어! 명주가……."
나는 곧장 화장실로 달려갔다.
"너희가 뭔데 사람을 멋대로 판단하고 함부로 욕하니?"
"그럼 너는 뭔데? 선지유 시녀냐?"
화장실 안에서 유리문 밖으로 쏟아지는 높은 목소리는 떼 지어 웅성대는 소리에도 묻히지 않았다.
1교시 미술 시간 때였다.
"어머, 미안."
장예나가 지나가다가 내 팔을 치는 바람에 들고 있던 붓이 교복 위로 떨어졌다.
"괜찮아."
그나마 캔버스로 떨어지지 않은 게 어디냐고 생각했다. 그런데 화장실에 가서 지워도 유화 물감이라 그런지 잘 지워지지 않았다. 대충 문지르고 교실로 돌아왔다.
"괜찮아? 다는 안 지워졌네."

명주가 와서 걱정스레 말했다.

"이따 체육복으로 갈아입으면 돼. 그래도 교복 색이랑 비슷해서 다행이야. 빨간색이었으면 어쩔 뻔."

"지유야, 나 화장실 좀 다녀올게."

"같이 가 줄까?"

"아니, 어서 완성해. 엄청 달리고 있던데. 나는 급해서."

명주는 뒷말을 생략하고 웃으며 일어났다. 그러고는 수업 끝나는 종이 울리도록 돌아오지 않았다. 혹시 배가 아픈가 싶어서 가 보려는 찰나에 명주가 누구와 싸운다는 말이 먼저 도착한 것이다.

"얘 되게 웃기네. 몰래 엿듣는 것도 비겁하긴 마찬가지 아냐?"

"장예나, 너 아까 지유 팔 일부러 쳤다며. 그것부터 설명해."

"내가 왜? 증거 있어? 실수야."

"그림에 떨어져야 했는데 아쉽다고, 네가 안유리랑 떠들었잖아!"

"왜 사람을 몰아갈까. 유리야, 내가 그랬니?"

"아니! 얘 뭐래?"

"너 진짜 못됐다."

장예나는 놀라서 달려온 나를 똑바로 쳐다봤다.

"지나가다 조금 친 걸로 같은 반 친구끼리 이럴 일이야? 그리고 솔직히 네가 붓을 안 놓칠 수도 있었잖아!"

길게 말하지 않았다. 정작 나는 장예나에게 큰 감정을 쓸 여유도, 한 방 크게 먹이고 싶다는 생각도 없었다.

나를 대신해 명주가 신나게 욕을 퍼부어 주었다.

"아, 진짜 나쁜 것들. 어떻게 일부러 저러냐. 평소에도 재수 없게 굴더니. 자기들은 얼마나 잘났길래……."

"뭐야, 물감 묻힌 거 말고 또 다른 말들이 오갔나 보네?"

"아, 그게……. 걔네가 축제 때 너 춤춘 거로 비꼬잖아."

걔네가 뭐라고 말했는지 궁금하긴 했지만 명주에게 재연해 보라고 할 수는 없으니 짐작만 할 뿐이었다.

"그래서 우리 명주 쉬 싸다가 나를 위해 벌떡 나온 거야?"

"당연하지. 생리 현상이 문제겠어? 싸면서 나올 수도 있었어, 난."

"아, 뭐야! 신명주 더럽."

"THE LOVE. 안다. 네 마음."

명주와 이야기를 나누자 먼지 위로 시원한 물을 뿌린 것처럼 마음이 편안해졌다. 선지유로 지낸 모든 날이 특별하고 행복한 건 아니었지만, 예전과 많이 달라진 내 모습이 더없이 좋았다.

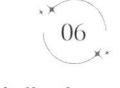

이게 바로 나야

성적이 아무리 좋아도 2학년을 앞둔 겨울방학의 무게감은 쉽게 견딜 수 없었다. 어떤 날은 문제를 다 풀고도 머릿속이 복잡해 학원 자습실 복도에서 한 시간 넘게 서성였다. 13시간 순공한 날은 뇌가 반쯤 날아간 느낌이었다.

그 자리에 털썩 주저앉고 싶을 때 사랑하는 이들이 나를 일으켜 세워 주었다. 물기 없는 바람이 목덜미를 잡을 때면 엄마가 내 목에 자기 스카프를 감아 줬고, 좁다란 오르막길 끝에서는 언제나 은호가 심어 놓은 작은 나무가 쉴 곳을 만들어 주었다.

그러던 어느 날, 휴대폰을 보다가 큰 충격을 받았다. 내 얼굴이지만 내 소유가 아닌 존재를 보았기 때문이다.

THE ONE THING 독고영은, 시크한 퀸카 공항 패션 눈길

독고영은 화보, 블링블링 쥬얼리보다 더 빛나는 완벽 미모

독고영은, 걸그룹 개인 브랜드 평판 1위 선정

그동안 공부만 하느라 '독고영은'의 존재를 까맣게 잊고 있었다. 그러나 이제는 외면하고 싶어도 그럴 수 없었다. 독고영은은 이제 우리나라 원톱 아이돌이 됐으니까.

- 얘가 진짜 최고다.
- 천상계 미모. 무보정 직찍이 이 정도라니.
- 넌 살아 있는 게 팬 서비스야.
- 예쁜 애들 많지만 얼굴이 감동인 여돌은 오직 독고영은뿐.

내 얼굴을 한 다른 사람이 예능 프로그램에 나오는 장면을 그저 바라볼 수밖에 없었다. '독고영은'을 검색하고 커뮤니티 댓글을 읽는 내 모습에 혐오감이 들기까지 했다. 몸을 바꾸는 게 아니었나, 하고 잠시 후회도 했다.

"쟤는 어쩜 저렇게 예쁠까!"
"엄마, 엄마가 보기에도 예뻐?"
"솔직히 인형처럼 생겼지. 그러니까 연예인 하겠지."

"쟤네 엄마는 좋을까?"

"딸이 텔레비전 나오면 좋지 않을까?"

엄마가 텔레비전에 나오는 내 얼굴을 보며 예쁘다고 말하니 기분이 좀 복잡했다.

"엄마는 내가 저 독고영은처럼 되면 어땠을 것 같아?"

"음……. 지유야, 사실 그럴 일은 없어."

"아, 뭐야. 우리 엄마 맞아?"

"엄마는 누가 뭐래도 우리 지유가 최고지. 저 연예인은 그냥 예쁜 거, 그걸로 끝. 예쁜 거랑 사랑하는 거는 다르잖아."

처음으로 엄마에게 미안한 마음이 들었다. 이렇게 사랑하는 딸을 엄마에게서 빼앗은 것 같았다. 사실을 알면 엄마는 몸을 선택할까, 영혼을 선택할까.

> 지유야, 우리 좀 보자!!

선지유와 독고영은의 교집합인 현아였다. 그러잖아도 문득문득 보고 싶었는데 차마 먼저 연락할 수가 없었다. 현아가 재잘재잘 이야기하다가 갑자기 "너 누구야? 진짜 내 친구 지유 어디 있어?"라며 부드러운 눈매가 형사처럼 가로로 쭉 찢어질까 봐 두려웠다.

크게 한 번 심호흡을 내뱉은 뒤 현아에게 전화를 걸었다.

"여보세요."

"그래, 네 여보다."

오랜만에 듣는 현아 목소리였다.

"잘 지냈어? 맨날 학원에 갇혀 사느라 얼굴도 못 봤네."

"나야 뭐, 목적에 충실한 삶을 살고 있지. 내신 1등급. 수시로 서울대 가기. 아주 순항 중이시다. 겨울 방학 끝나기 전에 얼굴 한번 봐야지?"

"진짜 방학 순삭! 우리 2학년 되는 거 실화냐고."

"야, 딱 두 시간만 나한테 써라. 이 언니 얼굴 까먹겠다."

"그래. 우리 이번 주에는 꼭 보자."

약속 장소에 일찍 도착해서 화장실에 들렀다. 그런데 출입문을 연 순간, 차라리 화장실 밖에까지 줄이 길게 늘어섰더라면 좋았겠다 싶었다. 문만 열었을 뿐인데 기억의 파편이 믹서기 안의 토마토처럼 사방으로 붉게 튀어 올랐다.

'오랜만이네. 내 얼굴. 독고영은.'

화장실에 독고영은이 있었다. '나'지만 '너'였다. 1인칭이지만 2인칭이었다. 오랜만에 내 얼굴을 봐서 반갑다는 생각이 들기도 전에 출입문 쪽으로 몸을 돌렸다. 그러자 '독고영은의 몸'도 동시에 튀쳐나왔다. 우리 둘은 입구에서 어깨를 부딪치며 동시에 서로를 바라보았다. 나는 네가 누군지 안다는 표정이었다. 눈이 마주치자마자 나는 오랜 시간 내 것이었던 어깨를 치고 먼저 화장실을 벗어났다.

그때 익숙한 목소리가 말을 걸었다.

"잠깐만, 잠깐만! 우리 할 이야기 있지 않아?"

'나는 내 얼굴이라서 알아봤는데. 그럼 얘는, 내 몸 안에 든 얘는 누구길래? 설마 선지유?'

나는 나를 바라보는, 익숙하면서도 낯선 두 눈을 바라보며 침을 꿀꺽 삼켰다.

백화점 1층 커피숍에 마주 보고 앉았다. 평범한 인생을 사는 사람이라면 자기 얼굴을 직접 볼 기회가 없다. 뭐 죽으면 혹시 영혼 상태에서 자기 얼굴을 내려다볼 수 있는지는 모르겠다. 하지만 살아 있는 동안은 거울, 휴대폰 카메라, 사진, 유리창 등 빛에 의해 맺힌 상만을 볼 뿐이다. 기분이 색달랐다. 하긴 16년이 넘게 자신이라 생각했던 몸을 바로 앞에서 바라보는 게 충격적이지 않다면 그게 더 이상한 일이었다.

"이거 네 몸인 거지?"

내가 먼저 입을 열었다.

"응, 그리고 이건 네 몸이고."

"원하는 사람으로 바꿔 준다고 했을 때 내가 너무 힘들어서

네 영혼은 어떻게 될지 전혀 생각하지 않았어. 아주 가끔 미안한 생각은 들었어. 나 좋자고 다른 사람까지 끌어들인 것 같아서. 그런데 부러워하는 대상이 서로 같았다니 놀랍네."

"나도 내가 독고영은 네 몸으로 들어왔을 때, 내 몸이나 네 영혼을 생각할 여유가 없었어. 근데 넌 나를 알고 있었어?"

"엄마가 좋았어. 아, 엄마 치과에 다녔거든. 난 낳아 준 엄마가 상냥하게 이름 불러 준 기억조차 없어. 그리고 너 공부 엄청 잘한다고 현아한테 들었어. 좋은 유전자, 화목한 가족. 너는 내가 원하는 것을 다 가지고 있었어. 혹시 너는 내 얼굴이 부러웠던 거야?"

"그래. 예뻐지고 싶었어. 그냥 예쁘장하다, 이 정도 말고 누구든 지나가다 뒤돌아볼 만큼. 그런데 그건 노력으로 안 되는 거잖아. 아무리 성형을 한다 해도 본판을 벗어나게 예뻐지는 건 누구한테나 보장된 행운이 아니니까."

"너도 알겠지만 우리 부모님은 이혼했고, 아빠가 나한테 바라는 건 공부 잘하는 것뿐이었어. 난 그게 너무 힘들었어."

그 아이가 나를 이해한다는 듯 고개를 끄덕였다.

"너는 지금 괜찮아?"

"응. 만족하고 있어."

"혹시 독고영은으로 돌아오고 싶은 생각은 없어?"

"전혀. 원래대로 돌아오고 싶어서 물어보는 거야?"

"너는 네 얼굴이 아깝지 않아?"

"오랜만에 보는데, 나 진짜 예쁘긴 하네. 뭐 예쁘면 좋긴 하지만, 다시는 외롭게 살고 싶지는 않아. 가족은 내가 선택할 수 있는 영역이 아니니까. 설사 어른이 되어 새로운 가족을 내가 선택해서 꾸린다 해도 유전자로 얽힌 부모 자식의 연은 내 뜻대로 끊을 수 없잖아. 나는 돌아가지 않을 거야."

그 아이의 얼굴에서는 아무런 표정도 읽어 낼 수 없었다. 다시 돌아오고 싶어서 도망치듯 나가는 나를 불러세웠는지, 아니면 그냥 확인하고 싶은 게 있었을 뿐인지 궁금했지만 그건 중요하지 않았다. 네 생각이 어떻든 나는 이렇다고 내 의견을 못 박았다. 돌려 달라고 아무리 간절히 사정해도 거절하겠다고 결심하며 주먹을 꼭 쥐었다.

"솔직히 엄마가 많이 그리워. 그런데 다시 원래 내 얼굴로 살 자신은 없어. 내가 외모 스트레스가 엄청 심했거든."

"나는 내 얼굴이 싫었어. 친엄마랑 똑같이 생겼거든. 그리고 난 지금 이 얼굴도 귀엽고 괜찮아. 게다가 예전엔 한 시간을 낑낑대도 풀지 못한 문제를 지금은 휘리릭 푸니까."

"얼굴 때문에 주눅 들고 어딜 가든 예쁜 애가 있는지 파악하던 습관이 트라우마로 남아서 너로 사는 게 좋은 점이 많긴 해.

하지만 외로운 것도 사실이야."

"그래서, 독고영은으로 사는 거 행복해?"

"너는? 너는 선지유로 사는 거 행복해?"

둘 다 고개를 끄덕였다. 상대가 진심인지 의심하지 않았다. 굳이 거짓말할 이유가 없으니까.

"방학 내내 특강이나 듣고! 정말 이러기야?"

"엄마, 푸른외고 애들은 다 공부를 되게 잘해. 이 정도는 기본이라고."

"나는 그렇게까지 안 해도 치대 갔는데."

"뜬금없는 자랑 타임이야?"

"아니, 엄마 때는 이렇게까지 치열하지는 않았다고. 우리 지유 애쓴다는 뜻이지."

엄마는 학원이 자기 돈을 받으면서 어떻게 이럴 수 있느냐며, 딸과 엄마 사이를 갈라놓는 나쁜 학원이라고 우는 시늉을 했다.

"엄마는 내가 그렇게 좋아?"

"무슨 당연한 소리를 질문으로 하고 그래."

"내가 공부를 잘 못하거나 엄마한테 큰 잘못을 해도?"

"지유야, 백만 원짜리 수표를 구기면 얼마가 되게?"

"구겨져도 백만 원이지."

"그래, 백만 원짜리 수표가 구김이 있다고 해서 천 원이 되는 거 아니잖아. 너도 마찬가지야. 부족한 점이 있다고 해서 네 가치가 달라지는 건 아니지."

  나는 왠지 눈물이 핑 돌았다. 엄마 말을 들으니 독고영은일 때의 나 역시 충분히 소중한 사람이었다는 생각이 들었다.

  서화고등학교 담장에 붙은 포스터 속에서 밝게 웃는 나, 아니 그 아이의 얼굴 위로 눈송이가 닿기도 전에 녹아 버렸다. 빳빳하고 차가운 종이의 감촉이 그대로 손끝을 타고 전해졌다. 여기에 오려던 건 아니었는데.

  "여기서 뭐 해?"

  스스로에게 물었다. 꼭 무얼 하려는 것은 아니었다. 풀풀 날리는 눈송이가 눈앞을 가렸다.

  "잘 지내."

  나는 포스터 속의 그 아이를 바라보며 인사를 건넸다. 누구에게 하는 인사인지 명확하지 않았다. 지금의 '나'인지 과거의 '나'인지 그것도 아니면 '그 아이'인지. 겨울바람에 햇살이 든 덕분에, 대기는 싸늘한데도 따뜻한 기운이 볼에 가득 스며들었다. 차가운 기운과 따뜻한 햇살이 공존하듯 삶도 마찬가지일 것 같았다.

"어, 엄마. 나 지금 가려고."

선지유로 사는 모든 순간이 다 좋지만은 않으리라는 걸 안다. 그 어떤 삶도 좋은 날로만 채워지지는 않으니까. 깜깜한 동굴을 지나가는 것처럼 힘들고 일부러 씩씩한 척해야 하는 날도 분명히 있을 것이다. 그렇지만 내가 어떤 모습을 하고 있든 절대 바뀌지 않는 게 있다. 그건 아무 조건 없이 충분히 가치 있는 사람이라는 사실이다.

휴대폰 너머로 들리는 따뜻한 목소리를 따라 나는 발걸음을 옮겼다.

II. 선지유

01
우연한 궤도 전환

 햇살은 강물에 떨어지는 것처럼 회색 보도블록을 은빛 물결로 수놓고, 하늘은 쪽빛 한복 치마를 펼친 듯이 아주 단정한 날이었다. 푸른외대부속고등학교 교복을 입은 아이들의 얼굴에 피어난 설렘과 기쁨 그리고 누구나 부러워하는 학교에 입학했다는 자부심이 풍경과 어우러져 완벽한 봄을 선사했다. 카키색과 회색, 그리고 남색이 어우러진 교복은 몸에 걸치는 것만으로도 과시 효과가 있었다. 앞으로 네 인생은 찬란하고 황홀할 거라는 표시처럼 남색 재킷 깃과 소매 끝부분에는 금빛 천이 덧대어 있었다.
 푸른외고 1학년 선지유. 나는 누구나 가고 싶어 하는 명문 자립형 사립 고등학교 신입생이다. 이 교복을 입고 이 교문을 통과하는 날을 손꼽아 기다렸다. 성적이 전교 최상위권인 다른 친구들이 신 중에 가장 높은 신이라는 내신을 위해 일반고로 방향을 틀었을 때도 나는 전혀 흔들림이 없었다. 내 목표가 푸른외고가 된 것은 열여섯, 중학교 3학년 늦가을이었다.

"지유야, 오늘 나랑 놀자."
"어디 가게? 아, 잠깐만. 저기, 누나가 도와줄게."
"역시 오지라퍼. 남의 어려움을 그냥 지나치지 못하지."
"오지라퍼는 너무 부정적이니까 의인이라고 해 줄래?"
"네가 독립운동가냐? 의인이게. 암튼, 선지유 착한 거 인정."
넘어진 아이를 일으켜 세우고 반창고를 붙여 주는 나를 보며 현아가 웃었다.
"오늘 푸른외고 축제야. 짜잔, 초대권."
"오빠한테서 받았구나?"
"응. 안 준다는 걸 엄마가 반은 협박하고, 반은 애원해서 겨우 받았어. 갈 거지? 어차피 내년에 지겨울 정도로 들락거릴 곳이긴 하지만, 미리 교정 한번 밟아 보는 거지."
단짝 친구 현아의 오빠는 푸른외고 1학년에 재학 중이었다. 그리고 현아는 오빠와 선후배가 되는 게 목표였다. 얼마 전만 해도 보기 싫은 동거인이 기숙사에 들어간 덕분에 외동딸처럼 살아서 정말 좋다고 하더니, 이제는 오빠와 같은 학교에 다니고 싶다고 말하는 현아를 보며 새삼 푸른외고의 위력을 실감했다.

나는 사실 그때까지 푸른외고니 축제니 하는 것에 전혀 관심이 없었다. 나중에 무엇을 하고 싶은지 몰라서 하루하루 주어진 공부를 묵묵히 할 뿐이었다. 고등학교 축제답지 않게 규모가 크고 화려하다는 현아의 열정적인 설명에 무미건조하게 반응한 이유는 설득력이 떨어져서가 아니라 흥미가 없기 때문이었다.

"야, 진짜 멋있지 않냐!"

현아는 푸른외고 교문에 도착하자마자 양손으로 내 팔을 붙잡고 발을 동동 굴렀다.

"응, 그래. 정말 위엄 있다."

"그렇지? 네가 생각해도 그렇지?"

"모양새가 우아하게 균형을 이루고 황금 비율을 기본으로 한 것 같네. 딱 봐도 르네상스야."

다른 학교보다 크긴 하지만 거기서 거기인 교문인데 뭐가 그렇게 멋있나 싶었다. 하지만 나는 잔뜩 들뜬 현아가 귀여워서 미술 시간에 배운 건축 이론을 갖다 붙이며 사뭇 진지한 표정으로 대답했다.

"오, 선지유. 그런 평도 할 줄 알아? 아무튼 저 오빠 내가 픽한다. 넘보기 없기."

"뭐라고? 무슨 오빠? 멋있다는 게 교문 아니었어?"

"뭐? 교문? 교문은 거기서 거기 아냐? 저기 교문 옆에 있는 저 오빠, 푸른외고 홍보 동아리 1학년인데 부장보다 더 유명해. 저 얼굴에 축구도 잘하고 그렇게 완벽할 수가 없대."

보통 여중생들은 새로운 곳에 가면 못 보던 잘생긴 아이가 제일 먼저 눈에 들어오고, 전에 갔던 곳에 가면 원래 알던 잘생긴 아이가 와 있나 찾게 된다더니, 현아가 딱 그랬다. 하지만 나는 그런 쪽으로는 별로 눈길이 가지 않았고 남자아이들이 나에게 보이는 태도도 마찬가지였다. 현아가 아이들을 모아 놓고 "우리는 BBK(Beautiful Boy Killer)가 돼야 해."라며 비장한 투로 말하면 이게 무슨 독립 의거 모의하는 거냐고 같이 웃어 줄 때는 있었다. 그렇지만 나에게 그런 일들은 전혀 다른 세상 이야기였다. 어차피 나와 친해질 가능성이 적은 다른 세상 사람들이니까.

"안녕하세요, 푸른외대부속고등학교 학우 여러분. 그리고 내빈 여러분. 저는 사회를 맡은 진혜율입니다. 푸른외고는 인성과 자율성을 바탕으로 글로벌 리더를 꿈꾸는 친구들이 모인 학교라는 거 다들 아시죠? 오늘 꿈과 끼를 펼치는 푸른외고인의 모습을 모두 함께 즐기시길 바랍니다. 맨 처음 무대는 힙합 공연입니다. 박수로 맞아 주세요."

넌 할 수 있어. 힘을 내.

모든 건 괜찮아질 거야.

예쁨 인정. 내가 주인공.

너의 가치는 너만이 판단할 수 있지.

세상에 없는 너만의 색깔을 펼쳐.

외쳐! 푸르른 너의 세계.

넘쳐! 너와 나의 행복한 기분.

너희의 사고방식이 곧 회복된다고 주입하는 듯한 가사였다. 바르게 자라도록 돕겠다는 사명이라도 안고 작사한 듯한 힙합이 유치하다고 생각했지만, 계속 듣다 보니 어쩐지 어깨가 들썩이고 웃음이 났다. 힙합 공연에 이어 댄스, 뮤지컬, 밴드 등 다양한 공연이 이어졌다. 밥 먹고 저것만 했나 싶을 정도로 실력이 다들 수준급이었다.

"야, 공부만 할 것 같은 사람들이 저게 가능해?"

"그러게. 엄청 멋있다!"

"퍼포먼스 장난 아니지."

자사고가 아니라 예술고라고 해도 믿을 만큼 공연은 최고였다. 하지만 가장 인상 깊은 것은 사회자였다. 지금껏 나에게 공부는 당연히 해야 하는 일이자 자신 있는 분야였다. 1등을 갈망

하거나 미친 듯이 노력한 적은 없었다. 친구들이 하나둘 틴트를 필통에 넣고 다니다가 어느덧 화장품 전용 가방을 마련할 때조차 나는 아무런 관심이 없었다. 그런데 멋진 조명 아래에서 마이크를 잡고 축제를 진행하는 사회자의 모습을 보며 나는 새로운 감정을 발견했다. 누구를 보면서 멋지다고 느끼는 게 이런 거구나 싶었다. 유튜브를 잘 보지 않는 데다가 좋아하는 아이돌 하나 없던 나에게는 신선한 충격이었다.

"여러분, 즐거우셨죠? 아쉽지만 저희가 준비한 무대는 여기까지입니다. 재학생 여러분, 그리고 내빈 여러분! 지친 일상에서 오늘의 즐거움이 큰 힘으로 남았으면 좋겠습니다. 푸른외고는 내년에 더 멋진 축제로 다시 찾아뵙겠습니다. 감사합니다."

사회자의 클로징 멘트를 들으면서 내년에는 내가 꼭 저 자리에 서겠다고 결심했다.

"현아야, 나도 이 학교 다니고 싶어."

"두둥! 이렇게 갑자기? 와서 보니까 완전 괜찮지? 너랑 나랑 고등학교도 같은 데 다닐 거라고 생각하니 무지 좋다. 같이 파이팅하자!"

현아는 내 목을 끌어안고 어깨에 머리를 비벼 댔다.

겨울에 자리를 넘겨주기 싫은 듯 가을이 나릿나릿 흘러가던 어느 날이었다. 초등학생 때부터 줄곧 푸른외고를 목표로 하던 현아가 원서 쓰기 이틀 전에 일반고 진학을 선언했다. 내신 1등급의 유혹이 다이어트 시작 전날 주문하는 야식보다 더 끊기 힘들다는 이유에서였다. 정해진 운명을 따르게 된 건지 생각지 못한 방향으로 운명이 뒤틀린 건지 알 수 없지만, 한 치 앞도 알 수 없는 게 삶인가 보다 생각했다.

면접 당일, 엄마와 나는 새벽 6시 30분에 일어나 푸른외고로 출발했다.

"나 화장실 좀."

수험생은 난데 엄마가 더 긴장했다.

"방금 전에 화장실 다녀왔잖아."

"나 원래 긴장하면 자꾸 화장실 가잖아. 자, 출발."

내비게이션의 초록색, 주황색 선처럼 인생도 이렇게 목적지를 잘 찾아가면 얼마나 좋을까.

엄마는 특유의 명랑함으로 나를 편안하게 해 주려 애썼다. 그 모습이 한편으로는 고맙고 한편으로는 짠했다.

"엄마, 길치니까 운전에 집중해."

"야, 야, 엄마가 이 길은 미리 다 연습했어. 어디서 꺾는지 벌써 알고 있다고. 내가 이렇게 철저하다니까. 그렇지?"

"그래. 엄마 닮아서 엄마 딸도 똑똑하니까 너무 떨지 말고."

"엄마 떠는 거 들켰니? 후유, 내가 수능 볼 때보다 더 긴장된다."

"맛있는 커피 마시면서 편히 기다려, 엄마. 나 잘하고 나올게."

엄마와 딸이 바뀐 듯한 상황에 웃음이 나왔다. 우리 엄마는 늘 이렇게 귀여운 구석이 있었다. 엄마처럼 경쾌한 보이스톡 음악이 울리고 아빠 목소리가 들렸다.

"지유, 파이팅! 하필 세미나가 있어서 같이 가 주지 못해 미안. 다음 달에 맛있는 거 사 줄게. 여보, 떨지 말고."

학회 일로 미국에 간 아빠는 응원과 미안한 마음을 동시에 전했다.

"뭐야, 면접은 내가 보는데 엄마한테 떨지 말래."

"그야 내 남편이니까 그러지. 너도 나중에 너를 1번으로 생각하는 네 아빠 같은 남친 만나. 여보, 사랑해. 지유 잘 에스코트하고 올게!"

"응, 사랑해. 지유도 사랑해."

7시 30분쯤 푸른외고 앞에 도착해서 청심환을 먹고 주차장에 엄마를 섬처럼 남겨 두었다. 교내 셔틀버스를 타는 나에게 끝까지 손을 흔드는 작고 푸른 나의 섬. 엄마를 위해서라도 잘할 거라고 다짐했다.

한집안 긴장의 총량은 같은 건가? 아까 나의 평온함은 긴장한 엄마를 보며 나까지 정신을 잃으면 안 된다는 의지의 산물이었나 보다. 셔틀버스가 엄마에게서 멀어지자 초조함이 밀려왔다.

버스가 강당 앞에 도착하자 버스에서 내리는 수험생 한 명마다 강당까지 안내해 줄 봉사자가 한 명씩 붙었다. 보라색과 남색 그 중간쯤 되는 하늘 아래 얼굴을 빼꼼 내놓은 건물과 나무들 사이로 나를 포함한 수험생들이 걸어갔다.

강당에는 수험 번호와 이름이 적힌 의자가 가지런히 줄을 지어 놓여 있었다. 봉사자가 휴대폰을 걷어 가고 수험생을 면접 대기실로 안내했다. 면접실 문이 드르륵 열릴 때마다 나를 비롯한 수험생들은 자기 차례가 아닌 줄 알면서도 깜짝깜짝 놀랐고, 문을 여는 봉사자는 발이라도 세게 밟은 것처럼 미안해했다.

"수고했어. 꼭 합격해서 다시 보자."

면접을 마치자 휴대폰을 돌려준 봉사자는 축제 때 사회를 본 선배였다. '진혜율'이라는 명찰이 눈에 들어왔다.

'저 언니 알아요. 언니 때문에 이 학교에 지원했어요. 너무 멋져요!'

그러나 단 한 마디도 입 밖으로 나오지 않았다. 그저 쭈뼛대며 가볍게 목례만 건넸다.

12월 28일. 최종 합격자 발표일이 왔다. 컴퓨터 화면에 수험

번호를 입력하고 마우스를 클릭하는 순간, 손에 땀이 난다는 게 무슨 말인지 뼛속까지 실감할 수 있었다. 평소에 다리 떠는 버릇이 없는데 나도 모르게 오른발을 덜덜덜 움직이고 있었다. '딸깍' 클릭과 동시에 화면에 문구가 떴다.

합격을 축하합니다.
신입생 예비 소집일을 아래와 같이 안내하오니 참석하여 주시기 바랍니다.

속이 후련했다. 선풍기와 에어컨을 동시에 틀었을 때 같은 시원한 기분이 들었다.

잘못된 만남

학교는 학생들의 놀이터가 되어야 한다는 교장 선생님의 철학에 걸맞게 푸른외고는 동아리 활동이 활발했다. 좋은 학생들을 뽑기 위한 동아리 홍보가 한창이었는데 나는 당연히 방송부에 지원했다. 진혜율 선배를 만날 수 있다는 이유가 가장 컸다.

1학년 합격자 공고

아나운서부 : 서윤영, 선지유, 차지윤

엔지니어부 : 윤유은, 정현민, 황현석

편성부(PD부) : 김태진, 김현진, 이연준

방송부에 합격한 게 큰 기쁨이자 행운이라고 여겼다. 하지만 행운이 인생의 독이 될 수도 있다는 것을 그때는 몰랐다.

방송부에 들어간 뒤로 나는 외모 지옥에 갇혀 버렸다. 나는 객관적으로 예쁘지는 않지만 그렇다고 못생긴 건 아니었다. 지금까지 세수할 때 말고는 거울을 보지 않았고 외모 스트레스를 받은 적이 없었다. 합격자 공고를 볼 때만 해도 나와 다른 아이들의 차이를 알 수 없었다. 이름만 보고, 말라 버린 잉크만 보고 그 사람의 외모를 알 수는 없으니까.

"우아, 방송부 애들 진짜 예쁘다."

방송부 동기들과 복도를 지나갈 때면 번번이 이런 소리가 들려왔다. 아무도 "야, 쟤는 안 예쁘잖아."라고 말하지 않았다. 하지만 그런 말들이 들리는 것처럼 스스로 느끼는 게 문제였다. 입학한 지 얼마 되지도 않았는데 벌써 '미스 푸른'이라는 별명을 얻은 서윤영, '백설 공주'라는 애칭을 얻은 김현진, 긴 생머리에 청순함이 돋보이는 윤유은, '푸른외고 연예인'이라고 불리는 차지윤. 방송부는 외모로 뽑은 거 아니냐는 말이 나올 만큼 모두 예뻤다. 단 한 명, 나만 빼고.

"자, 신입생들. 한 달 동안 학교에 잘 적응했지? 4월이고 선후배는 친해져야 하니까 우리 마니또 하자. 기한은 2주. 성별 상관없이 랜덤으로 뽑을 거고. 비밀은 꼭 유지하기. 여기 이 상자는 1학년이 뽑고 다른 하나는 2학년이 뽑을 거야."

모두 신나는 표정이었지만, 나는 걱정이 앞섰다.

'다들 예쁜 애랑 마니또 하고 싶을 텐데. 나를 뽑고 실망하면 어쩌지.'

자신을 소중하게 여겨야 남에게도 대우받을 수 있다는 자기 계발서 문구는 전혀 효력이 없었다. 다른 아이들이 먼저 뽑게 양보하고 마지막으로 상자에 손을 넣었다. 내가 뽑은 종이에 '진혜율'이라는 글씨가 또렷이 적혀 있었다.

마니또가 끝날 때쯤에는 선배님이 아니라 언니라고 부를 수 있지 않을까, 내심 기대했다. 무얼 선물해야 기억에 남을 수 있을지 고민한 끝에 내가 제일 잘하는 것을 선물하기로 했다. 나는 직접 쓴 글을 매일 진혜율 선배 사물함에 넣어 두었다.

마니또를 공개하는 날 진혜율 선배는 나를 보며 활짝 웃었다. 특별한 사이가 되지는 못했지만 웃어 주는 것만으로도 기뻤다.

"우리 딸, 이게 얼마 만이야. 무려 2주 만이네. 오구오구 잘 지냈어? 엄마가 오늘 수술이 잡혀서 데리러 못 갔는데, 버스 타고 오기 힘들지 않았어?"

치과 앞에서 만난 엄마는 보고 싶었던 마음에 미안한 마음까지 추가해 나를 힘껏 끌어안았다. 덕분에 풍선에서 바람이 훅 빠져나가듯 내 안에 있는 나쁜 감정이 푸시시 흩어지는 소리를 내며 조금씩 새어 나갔다. 고무주머니 입구가 아직 묶이지 않아서 다행이었다.

"너 기숙사 보내고 날마다 생각났어. 우리 예쁜 지유 잘 지내고 있는지. 에구, 내 새끼."

엄마는 2주가 아니라 2년을 못 본 사람처럼 호들갑스러웠다.

"엄마는 내가 예뻐?"

"그럼! 우리 지유가 얼마나 예쁜데."

"아니, 그런 예쁨 말고. 객관적으로 저렇게, 저렇게 예뻐 보이냐고."

나는 올리브영 매장 앞에 세워 둔 아이돌 등신대를 가리켰다.

"음, 솔직히 말해서 우리는 연예인이 아니잖니? 저 사람은 자기가 타고난 장점을 부각해서 사는 거고, 우리 지유는 다른 사람들한테 없는 좋은 점이 많이 있잖아. 외적인 기준으로만 판단하면 넌 사실 평범하지. 하지만 네가 지닌 선한 마음, 배려심 그리고 너만이 풍기는 분위기는 누구보다도 멋져. 처음 봤을 때는 우아~ 엄청 예쁘다, 이런 말이 절로 나오지만 겪으면 겪을수록 예쁜 게 그다지 큰 매력으로 작용하지 않는 사람이 있고, 처음 만났을 때는 눈길이 확 가지 않지만 알아갈수록 점점 예뻐 보이는 사람이 있거든. 우리 지유는 어느 편이 더 좋을 것 같아?"

엄마 물음에 바로 대답이 나오지 않았다. 정답을 알지만 오답에 체크하고 싶은 기분이었다.

"엄마, 누가 봐도 예쁜데 보면 볼수록 매력 터지는 애들이 푸른외고에는 무지 많아. 공부도 나만큼 하면서 얼굴은 연예인보다 아주 살짝 아래 정도? 그런 애들이 존재하긴 하더라."

"우리 지유 속상했구나. 그래도 엄마는 조금 기쁜데? 다른 애들이 화장하고 남친 사귀고 싶어 할 때 너는 공부만 했잖아. 그렇지만 엄마는 네가 또래 아이들이 맛보는 감정을 조금은 알았으면 좋겠다고 생각했어. 그런데 이제 열일곱 살답게 외모에 관심도 생기고……. 너는 그게 불만일지 몰라도 엄마는 우리 딸이 한층 성장한 것 같아서 좋은데?"

"그런데 엄마, 자꾸 주눅이 들어. 방송부 애들이 나 빼고 다 예뻐. 누가 나한테 얼굴로 뭐라 그러는 것도 아닌데 기분이 좀 그래."

"그래, 그럴 수 있지. 엄마가 너를 엄청 예쁘게 낳아 주지는 못했지. 우선 엄마가 그런 얼굴이 아니잖니? 하지만 지유야, 너 충분히 매력적이야. 이야기하면 할수록, 알면 알수록 더 궁금해지는 그런 사람이야."

엄마는 농담처럼 자신을 살짝 디스하며 내 기분을 풀어주려고 했다.

"불공평하다는 생각이 자꾸 들어. 얼굴은 노력 없이 받은 거잖아. 기본값 50인 사람은 성형을 하든 화장을 하든 기본값 100

으로 태어난 사람을 넘어설 수가 없고."

"그렇게 치면 공부도 마찬가지 아닐까? 우리 딸은 남들이 한 시간 걸릴 거 30분이면 끝내는 두뇌의 소유자잖아. 공부 잘하고 싶은데 뜻대로 잘 안되는 친구들이 보기엔 지유가 기본값 100인 사람일걸?"

"공부는 노력하면 극상까지는 아니더라도 상위권은 될 수 있잖아. 근데 얼굴은 내가 화장 좀 한다고 1등급이 되지는 않을 것 같아."

"아이고, 우리 딸! 고등학생 되고 몇 달 사이에 훌쩍 컸네."

엄마는 아기 고양이 쓰다듬듯 내 머리를 쓰다듬었다.

"나 오늘 늦잠 자서 머리 안 감고 왔어."

"아, 뭐야 선지유. 어쩐지 조금 꾸덕꾸덕하더라. 아무리 가족이라도 이건 아니잖아."

"그래도 엄마니까 쓰다듬어 줘. 나 많이 힘들었단 말이야."

"그러지, 뭐. 손이야 씻으면 되니까. 그래도 느낌이 영……."

엄마는 장난스레 웃으며 참아 보겠다는 듯 말했지만 살살 어루만지는 손길을 멈추지 않았다. 가족이란 이런 건가. 나는 아빠를 닮았고 엄마는 외할아버지를 닮았는데, 희한하게도 오늘은 우리 둘이 닮아 보였다.

"지유야, 모의고사 점수가 입학 성적보다 많이 떨어졌어. 혹시 무슨 일 있니?"

담임 선생님이 조심스레 물었다. 그러나 예쁜 아이들 때문에 자꾸 주눅이 든다고, 그래서 나도 예뻐지고 싶다고 말할 수는 없었다. 솔직하지 못한 말들로 상담 시간을 채웠다.

교무실을 나와 복도를 걸었다. 5층 복도 창문 너머로 보이는 운동장 풍경이 나와는 다른 차원의 세상 같았다. 눈부신 햇살, 바람에 흩날리는 아이들의 머리카락, 포물선을 그리는 축구공. 세상은 나와 상관없이 제 사이클대로 돌아갔다. 나의 위치 에너지가 감정 에너지로 변하지 않게 꾹 참았다. 슬픔이 쏟아지면 주워 담을 수가 없으니까. 실내화를 내려다볼 뿐인데 내 밑바닥을 보는 기분이 들어서 갑자기 뒤돌아섰다.

"아, 죄송합니다."

콜라를 들고 복도를 걷던 남학생의 가슴에 이마를 부딪쳤다. 콜라는 까맣게 탄 내 속을 표시하려는 것처럼 교복 앞자락을 검게 물들였다.

"어어, 미안해."

명찰이 초록색인 걸 보니 같은 1학년이었다.

"아니야. 내가 갑자기 돌아서서 그런 건데."

"진짜 진짜 미안해. 세탁비 줄 테니까 얼마인지 알려 줘. 난

1학년 8반 이은호야."

당황한 표정이 귀여웠다. 연갈색 눈동자가 빛을 받아 살짝 흔들렸다. 입술을 살짝 뗐다가 다물고 머뭇거리는 모습이 감정을 숨기지 못하는 성격인 것 같았다. 그 모습이 하도 귀여워 이 아이를 더 알고 싶다는 생각이 들었다.

"명주야, 혹시 이은호라고 알아?"
"응, 1학년 8반 반장이잖아. 성격 좋고 훈훈하게 생겨서 걔 좋아하는 애들 많을걸?"

사람 보는 눈은 다 비슷한지 은호가 인기 많다는 말을 들으니 저절로 포기가 되었다. 사귄 적도 없는데 헤어지는 느낌으로 마음속에서 접었다.

"공부나 하자."

모의고사 망친 걸로 늦은 사춘기 값은 톡톡히 치렀다. 내신까지 제물로 바치는 일만큼은 피해야 했다.

교실에서 공부하면 친구들과 수다를 떠는 바람에 시간을 허비했고 기숙사에서는 침대에 잡아먹히는 시간이 길었다. 아는 사람이 아무도 없는 곳이면서 공부하기 적합한 곳이 생각났다. 교내 도서관 일반 열람실 구석 자리. 가지런히 정리된 책장과 책장 사이에 서 있으면 마음이 평온해졌다. 맨 안쪽 열람실로 들어가서 나무가 보이는 창가 앞에 자리를 잡았다. 조금 쉬고 싶을 때는 책을 낳아 준 나무를 바라보기 딱 좋은 자리였다.

"어? 안녕! 너도 여기서 공부해?"

이은호였다. 뜻밖의 공간에서 만나면 더 반갑다고 누가 그랬던가. 그냥 인사일 뿐인데 비트 빠른 음악을 듣는 것처럼 심장이 쿵쿵댔다. 네 군데 열람실 중 같은 곳을 고를 확률 25퍼센트, 구석 자리를 찾아올 확률 그리고 상위권 학생이 1등급 전용 자습실을 마다할 확률을 곱하면 마주칠 가능성은 제로에 가까웠다.

가볍게 고개를 끄덕이고 국어 비문학 문제를 풀었다. 공부에 집중하려고 애썼지만 대각선 맞은편에 앉은 은호의 머리카락이 시야에 들어왔다. 같은 지문을 자꾸만 다시 읽었다. 중심 문장에 밑줄을 그어도 내용이 눈에 잘 들어오지 않았다. 창밖을 내다보는 척하며 은호를 힐끔 보았다. 은호는 정신없이 수학 문제를 풀고 있었다. 상대는 신경조차 쓰지 않는데 나만 이러는 것 같아 정신을 다잡았다.

똑똑. 고개를 들기도 전에 연습장 귀퉁이를 찢어서 쓴 쪽지가 보였다.

'미안한데, 혹시 이 문제 알려 줄 수 있어?'

나는 고개를 끄덕이며 도서관 밖을 가리켰다. 의자가 뒤로 밀리는 소리가 동시에 들렸다. 일행은 아니지만 함께 길을 가는 패키지 여행객처럼 은호와 같이 걸었다. 햇볕은 따스했고 은호에게서는 숲속의 나무 향기가 났다.

"이 문제는 삼각형의 넓이를 이용해서 상수 m을 구하는 거잖아. 그러면……."

"아, 이제 이해됨. 소문대로 너 설명 진짜 잘한다."

"소문?"

"넌 모르는 문제가 없다던데? 나 이 문제도 좀 풀어 주라."

나는 부럽다는 듯 말하는 은호 표정을 보며 멋쩍게 웃었다. 오늘따라 공기에서 새콤달콤한 맛이 도는 것 같았다. 중간고사가 아주 천천히 오기를 바랐다.

"으아, 드디어 중간고사 끝! 명주야, 우리 마라탕 먹으러 가자."

"지유 너는 맨날 마라탕만 먹냐?"

"맛있잖아. 난 날마다 먹을 수도 있어."

중간고사가 끝난 게 홀가분하면서도 아쉬웠다. 이제는 은호와 같이 공부할 일이 없겠지. 어차피 확률은 50퍼센트인데 미친 척 전화번호라도 물어볼걸. 아니지, 상대는 공도 던지지 않았는데 나 혼자 방망이 휘두르면 웃길 거야. 우스워지긴 싫었다. 그러다가 또, 허공에 휘두르더라도 아무도 못 보는 헛스윙인데 뭐 어떠냐는 생각이 들었다. 마음이 작아졌다 부풀었다, 작아졌다 부풀었다를 거듭했다.

스테인리스 볼에 숙주와 옥수수면, 청경채를 잔뜩 담았다. 혹시 은호도 시험 끝난 기념으로 마라탕을 먹으러 오지는 않을까. 그런 우연이 또 겹치기를 살짝 기대했지만 허탕이었다. 실망은 하지 않았다. 간절히 두 손 모아 고대한 건 아니었으니까.

"나는 4단계. 아주 매운 맛에 도전!"

"다 버리는 거 아니야?"

"그럴 리가. 미리 매운맛 좀 봐야 단련이 돼서 성적 확인할 때 덜 맵지."

"그런 심오한 의미가 있을 줄이야. 나는 예전처럼 1.5단계!"

"지금 여기서 전교권의 여유 나오는 거야?"

"그럴 리가. 자신 없는 일에는 그냥 원래 하던 대로 하면 평타는 치거든."

은호는 내가 자신 없는 영역이었다. 도서관에서 우연히 만나 함께 시험 준비를 했던 사이, 그게 다였다. 더 가까워지려고 하면 영원히 튕겨 나갈 것만 같았다. 은호가 자기에게 고백했다가 차인 수많은 아이 중 하나로 나를 기억하면 너무 슬플 것 같았다. 오늘따라 1.5단계도 맵게 느껴졌다.

수행 평가 때문에 중간고사가 끝나고도 계속 바빴다. 방송부 일도 해야 하고 세특도 관리해야 했다. 고백하지도 않았는데 차인 것처럼, 사귀지도 않았는데 이별한 것처럼 가라앉을 때가 많았지만 지금은 해야 할 일을 해야 했다.

도서관에 자료를 찾으러 갔다가 즉흥적으로 구석 자리에 가 보았다. 잘 익은 호두 껍데기 색의 책상은 여전했다. 자연스럽게 퍼져 있는 나이테를 손가락으로 문질렀다. 내 역사도 여기 어딘가에 한 줄 들어가 있는 것처럼. 은호가 앉았던 자리에 앉으니 기분이 묘했다.

"선지유?"

나쁜 일을 하다 들킨 사람처럼 깜짝 놀랐다. 내 이름을 듣는 순간, 자습 시간에 엎드려 자다가 갑자기 억, 소리를 내며 깨던 어떤 아이처럼 반사적으로 어깨가 위로 들렸다. 잠에서 깨는 동시에 몸을 팔딱인 것을 깨닫고 창피해서 일어나지 않던 그 아이처럼 나도 자는 척하고 싶었다.

"오랜만이다. 중간고사는 잘 봤어?"

"응. 너는?"

"나야 뭐, 그럭저럭."

은호의 연갈색 눈동자와 마주치자 저절로 침이 꿀꺽 삼켜졌다. 그때 은호 배에서 꾸르륵 소리가 났다.

"아, 민망하게. 내 생체 시계가 너무 크게 울렸네."

얼굴이 빨개진 은호는 더 귀여웠다.

"배고프면 같이 매점 갈래?"

순간적으로 나온 말이었다. 선지유 네가 드디어 미쳤구나. 이미 내뱉은 말을 어떻게 해야 하나. 플러팅으로 들리면 어떡하지. 괜찮아. 자연스러웠어. 이랬다저랬다 참기 힘든 마음속 외침이 들리는 듯했다. '소리 없는 아우성'. 국어 선생님이 역설을 표현하는 대표적인 시구라고 했는데. 아무래도 역설이 아닌 듯했다. 내 마음은 소리 없이 떠들썩하게 난리를 치는 게 가능했다.

"그래, 좋아."

은호 얼굴에 나와 같은 색의 감정이 스치지는 않았지만, 내 짝사랑만으로도 심장이 뛰었다.

복도에서 마주치면 인사하는 사이, SNS에 맞팔로 서로의 스토리에 가끔 댓글을 주고받는 관계가 된 것만으로도 행복했다. 화장실에 갈 때도 한 손으로는 은호의 SNS를 구경했다. 은호를 생각하면 양치하면서도 웃음이 났다. 비실비실 웃다가 뱉는 타이밍을 놓쳐 입에서 거품이 넘쳤다.

그러나 혼자만의 설렘은 오래가지 못했다.

'어, 이건?'

은호의 SNS 스토리에서 진혜율 선배가 활짝 웃고 있었다.

- 대박. 완전 잘 어울려.
- 찢었다. 이 커플 실화냐?
- 이은호 첫사랑 성공했네!

  사진에 달린 댓글들의 무게가 심장을 짓눌렀다. 다리가 후들거렸지만, 기대고 있는 욕실 타일의 차가운 기운 때문에 쓰러지지 않고 버티는 것 같았다. 내 안에 내가 없는 느낌이었다. 만약 영혼 스캐너라는 게 있다면 필시 내 넋이 머리 위로 붕 떠서 빠져나간 게 보였을 것이다. 나는 맨 아래 칸을 아무렇게나 쌓고 그 위로는 공들여 차곡차곡 포개 놓은 젠가, 또는 켜켜이 쌓인 소원 돌무더기 맨 위에 아슬아슬하게 얹힌 못생긴 돌 같았다. 누가 툭 건드리면 와르르 무너질 테니까. 무뎌져야 하는데 그러지는 못하고 무너지기만 했다.

  만약 은호가 진혜율 선배보다 나를 먼저 알았다면, 하는 가정은 어느새 내가 진혜율 선배처럼 예뻤다면, 하는 가상으로 옮아갔다.

03
스스로 갇힌 고래

 푸른외고는 5월에 열리는 동아리 행사와 10월에 열리는 축제가 유명했다. 동아리 행사에는 다른 학교 학생들도 놀러 오고 각 부서가 부스를 자율적으로 운영했다. 부스 한편에서는 동아리의 특징이 드러나는 활동으로 홍보하고 또 한편에서는 분식이나 음료를 팔았다. 방송부 부원들이 메뉴는 무엇으로 할지, 어떤 콘셉트로 옷을 입을지 고민하고 의견을 나누는 동안에도 나는 온통 한 가지 걱정뿐이었다.

 부원들 옆에 서 있으면 내가 너무 못생겨 보일 텐데 어쩌지? 사람들이 보면 모두 쟤 빼고 다 예쁘다고 생각하겠지? 아니야. 나는 공부를 잘하고 배려심이 깊어. 아무도 내가 얼굴이 못생겼다고 생각하지 않아. 그러니까 괜찮다고 마음을 다잡아도 자꾸만 신경이 쓰여 괴로웠다.

동아리 행사를 준비하면서 방송부 부장이 말했다.

"오늘 논의 안건은 동아리 행사 때 우리 부스 방문자에게 나눠 줄 홍보물이야. 선정된 사람 글이 홍보물 메인에 실리는 거 알지? 그리고 지난번에 말한 것처럼 정말 좋은 글은 축제 때도 쓸 거야."

저마다 준비한 글을 2학년부터 발표했다. 경청하는 것처럼 보였겠지만 머릿속에서는 내가 준비한 것을 되뇌고 있었다. 꼭 뽑히고 싶었다. 진혜율 선배 차례가 되었을 때도 마찬가지였다. 내 차례도 아닌데 긴장이 되어 청각이 어떻게 되어 버린 것 같았다. 그렇지만 아무리 듣는 둥 마는 둥 해도 진혜율 선배의 목소리는 내 영혼을 끌어당겼다. 너무 뛰어나서? 모두 박수를 보낼 정도로 탁월하긴 했다. 문제는 그게 내 글이라는 것이었다. 너무 초조해서 소리를 느끼는 감각이 제 기능을 못 해도 내가 쓴 글을 알아차리지 못할 정도는 아니었다.

"와, 진짜 좋다. 혜율이 너, 글쓰기 실력 많이 늘었다."

"고마워. 나 이거 쓰려고 밤까지 샜어."

당차고 또렷또렷한 진혜율 선배 목소리에 초등학교 운동회가 생각났다. 길고 넓은 빨간 천을 양 끝에서 부모님들이 팽팽히 당겨 주면 아이들이 그 위를 건너가는 '하늘을 달리다'라는 종목이 있었다. 분명 발밑에 받쳐 주는 천이 있는데 허공을 짚는 것처럼 이상한 기분이 들었다. 빨리 가려고 발을 깊게 디딜수록 천이 밑으로 푹푹 내려갔다. 허들보다 더 어려운 장애물이었다.

진혜율 선배가 꼭 그때 그 종목의 빨간 천 같았다. 겉으로 보면 윤이 나고 레드 카펫처럼 예뻤지만 나를 아래로 끌어 내렸다. 진혜율 선배가 나를 가로막았다. 푸른외고 면접시험 때 휴대폰과 함께 건넨 하얀 손, 동아리 면접 때 보인 친절한 미소……. 진혜율 선배의 모든 게 앞면만 인쇄된 만국기 같았다. 앞에서 보면 그럴듯하지만 뒷면은 초라했다. 나는 그 앞에서 후들거리는 두 다리로 서 있을 뿐이었다.

나 빼고 만장일치로 진혜율 선배의 글, 아니 진혜율 선배가 자기 글로 둔갑시킨 내 글이 뽑혔다. 그 자리에서 내가 쓴 글이라고 밝힐 수 없었다. 그러기에는 상대가 너무 높아 보였다. 진혜율 선배가 동아리방을 나가고 있었.

"선배님, 잠시만요."

"어, 얘들아 먼저 가. 지유한테 알려 줄 게 있어서."

진혜율 선배는 태연히 다른 부원들에게 손을 흔들며 인사했다. 다른 사람들이 듣지 않게 하려는 걸 보면 자기 잘못을 아는 것 같았다.

"그거 제 글이잖아요."

"마니또 때 나한테 선물로 준 거잖아. 그럼 내가 어떻게 사용

하든 네가 뭐라 할 건 아닐 텐데?"

"글에는 주인이 있잖아요."

"네 글이 어디 출판돼서 저작권이라도 있니? 그리고 나한테 줬으면 내가 주인 아니야?"

"선배, 지금 정당하지 않다는 거 아시죠?"

"네가 이 글을 발표했으면 뽑혔을 거라고 생각해? 내가 읽으니까 좋아 보인 거라고는 생각 못 하니? 메인? 네가 나를 제치고? 웃긴다. 순진하다고 하기에는 너 좀 똑똑하지 않니?"

진혜율 선배의 말은 작살 같았다. 원주민의 작살과 차이가 있다면, 생존을 위해 먹이를 잡아채는 게 아니라 살생 자체가 목적이었다. 작대기 끝에 달린 뾰족한 쇠꼬챙이는 아주 민첩하고 날카롭게 고래의 머리를 관통했다. 고래는 푸른 바다 아래로 점점 깊숙이 가라앉았고 수면은 피로 물들었다. 나는 머리가 아팠고 진혜율 선배는 아무 일 없다는 듯 가 버렸다.

젓가락에서 쇠 맛이 났다. 젓가락은 쇠로 되어 있으니 그렇다 치고, 심지어 플라스틱 식판에 놓인 배추김치에서까지 쇠 맛이 났다. '네가 나를 제치고?'라는 말이 귀에만 걸려야 하는데 목에도 걸려서 음식이 넘어가지 않았다.

"지유야, 어디 아파?"

명주에게 진혜율 선배 이야기를 하려다가 그만두었다. 그저 숟가락 뒷면에 비친 내 얼굴이 보기 싫었다. 석식을 먹는 둥 마는 둥 하고 도서관에도 가지 않았다. 걱정하는 명주에게는 체한 것 같다는 핑계를 대고 기숙사로 돌아왔다.

　화장실에서 손을 씻다가 거울을 보았다. 내가 아무리 매만지고 애써도 예쁜 아이들이 밤잠 설치고 일어나 세수 안 했을 때만도 못하지. 이건 공부와 달라. 내가 바꿀 수 없어. 애초에 노력한 만큼 가질 수 있는 영역이 아니라는 생각이 들었다. 폭풍 오열. 그게 뭔가 싶었는데 이런 거였다. 사전에서만 보던 두 단어의 조합이 내 삶에서 재현되다니. 이렇게 직접적으로 단어 뜻을 온몸으로 체험하기는 싫었다. 나는 헬렌 켈러가 아니니까.

　동아리 행사 날, 전통찻집을 운영하기로 한 방송부는 한복을 빌려 입고 오기로 했다. 책상 위에 놓인 레고 피규어를 보니 문득 저 블록처럼 얼굴을 골라서 끼우고 싶었다. 아니면 마스크 팩처럼 얼굴에 딱 붙이면 그 얼굴로 하루를 살 수 있는 물건이 개발되면 좋겠다고 생각했다. 하지만 과학 기술이 아무리 발달해도 그건 불가능할 것 같았다. 나는 이루어질 가능성이 전혀 없는 온갖 상상을 하며 아쉬워했다.

　"야, 쟤가 미스 푸른이다."

　"미스 푸른 옆에 있는 쟤들도 장난 아닌데?"

방송부 행사를 보러 온 건지 부원들 얼굴을 보러 온 건지, 방송부 부스 앞에는 많은 사람이 모여들었다. 여기저기 웃음이 넘쳐났다. 제자리를 찾지 못하는 사람은 나뿐이었다. 손님이 많아서 다들 바빴지만 선뜻 주문을 받으러 갈 수 없었다. 특히 남학생이 손님으로 오면 예쁜 아이가 주문받기를 원할 것 같아서 더 다가가기 힘들었다. 나 자신이 상처받고 있는 이 순간에도 타인의 감정을 생각했다. 겉으로는 배려였다.

그렇지만 사실은 두려웠다. 혹시 백 명 중 한 명이라도 귓속말로 "난 저기 저 애가 왔으면 했는데."라고 실망하는 말소리가 나에게까지 들릴까 봐. 쟤는 어울리지 않게 왜 저기 끼어 있느냐고 뭐라고 하는 사람은 아무도 없었다. 다만 아무런 눈길도 받지 못한다는 것. 그게 나를 미칠 정도로 작아지게 만들었다. 예쁜 아이들 옆에서 마치 존재하지 않는 듯한 취급을 받는 게 못 견디게 싫었다. 자연스레 설거지만 하는 손이 미웠다. 분주하게 서빙하는 친구들 쪽을 천천히 바라보았다. 액자 밖에서 사진을 구경하는 기분이었다.

예쁘다는 말은 내게 아주 거친 사포 같았다. 다른 아이들이 듣는 그 말, 나는 듣지 못하는 그 말에 나는 불필요한 흠집이 났다. 나에게 상처 주려고 하는 말이 아니라는 건 알았다. 나는 왜 예쁘지 않을까. 나도 예쁘고 싶다는 생각이 온 마음을 지배하기 시작했다. 설거지통에 거품이 일다가 세찬 물줄기에 씻겨 내려갔다. 수세미가 생물이라면 아프다고 소리칠 정도로 똑같은 자리를 멍하니 계속 비벼 댔다. 나는 갇혀 버렸다. 예쁘지 않아서 힘든 세상에. 그곳은 내가 만든 작은 감옥이었다.

 무작정 학교를 나왔다. 푸른외고에 오지 않았다면 달라졌을까? 나를 이곳으로 이끈 사람에게 글을 빼앗긴 것도 모자라 첫사랑까지 얽히니 다른 학교에 갔더라면 더 좋았겠다는 생각이 들었다. 숱하게 오간 횡단보도가 오늘따라 유난히 선명해 보였다. 검은 칸은 밟으면 그 속으로 빨려 들어갈 것처럼 칠흑 같았고, 흰 칸은 밟기 미안할 정도로 하얗다 못해 빛이 났다. 정류장 건너편에 새로 지은 건물은 지나치게 깔끔해서 거부감이 들었다. 거리의 모든 풍경이 채도를 높인 듯했다. 보행 신호가 들어왔지만 길을 건너지 않고 가만히 있다가 뒤돌았다. 발걸음을 느슨하게 옮기면 영원히 어디에도 도착하지 않을 것 같았다.
 무작정 걷다 보니 서화고등학교 앞에 다다랐다. 학교 앞 인도의 가로등 불빛이 환했다. 학교 담장에 붙어 있는 홍보 포스터에는 엄청 예쁜 여자아이가 한 손으로는 허리를 짚고 다른 한 손으로는 풍선을 든 채 웃고 있었다. 학교 이름 밑에 알록달록한 색으로 꿈, 열정, 희망…… 좋은 말은 다 갖다 붙인 문구 따위는 눈에 들어오지 않았다. 저 아이만 프린트가 달라 보였다. 분명 인쇄물인데 양각으로 조각된 것 같았다.

'내가 저렇게 생겼으면 진혜율 선배도 나를 함부로 대하지 못했을 텐데.'

저 아이의 얼굴로 사는 상상을 해 보았다. 교실에 들어서는 순간 집중되는 시선, 나와 사귀자고 말하는 은호, 당연히 나를 사회자로 정하는 방송부원들, 진혜율 선배의 질투 어린 시선. 저런 얼굴이라면 내가 누리지 못하는 모든 일이 가능할 것 같았다.

'나는 왜 나로 태어났을까. 나도 저렇게 태어났으면 얼마나 좋았을까.'

기준치를 낮추자고 아무리 생각해도 그러기는 힘들었다. 나도 이러는 내가 싫었다. 외모가 다가 아니다, 얼굴에 화상을 입거나 장애가 있는 사람들도 있는데 내가 가진 것에 감사하며 살아야지. 이런 생각은 전혀 나를 잡아 주지 못했다. 나는 평생 이러겠구나, 어딜 가도 얼굴 때문에 패배감에 사로잡혀 빠져나갈 구멍을 못 찾겠구나 싶었다. 계속 이렇게 살아야 한다는 게 괴로웠다. 앞으로도 상황은 변하지 않을 것 같았다.

이런 순간 하필 예쁜 아이가 모델로 나온 포스터가 눈에 들어오는 것도 싫었다. 다음 생이 있다면 꼭 저렇게 태어나고 싶었다. 하지만 그건 불가능했다.

04
기회를 거절하지 않겠습니다

허탈한 마음으로 걷다 보니 어느새 한강 다리 위 인도였다. 난간을 잡고 허리를 숙여 어두운 강물을 내려다보았다. 시커먼 물밑에는 아무것도 없을 것만 같았다.

그때 누가 내 팔을 끌어당겼다. 고개를 돌리자 외국인으로 보이는 사람이 나를 바라보고 있었다.

"아, 오해하신 거예요. 저 죽으려는 거 아니에요."

나는 팔을 잡아 빼고 손사래를 치며 말했다. 겸연쩍어하며 지나가려는 나를 그가 가로막았다.

"다른 사람으로 태어나고 싶다고? 내가 그 소원 들어줄까?"

'한국말 되게 잘하네. 신종 사기인가?'

무시하고 빨리 사람들이 많은 곳으로 피해야 안전하겠다 싶어서 방향을 트는 순간, 눈앞에 홀로그램이 나타났다. 펼쳐진 필름의 단면에는 내가 포스터 속 여자아이를 보며 떠올렸던 생각들이 겹겹이 층을 이루고 있었다.

그가 필름 하나를 터치하자 화면이 영상으로 재생되었다.

"지유야, 나 너 좋아해. 우리 사귀자."

은호가 포스터 속 여자아이 얼굴을 한 나에게 지유라고 부르며 고백했다. 아까 내가 포스터를 보며 상상한 장면이었다. 다른 사람에게 감추고 싶은 약점을 들킨 것 같아서 부끄러웠다. 펼쳐진 필름들이 서로 선으로 연결되다가 회색 카드로 변했다.

"못 믿겠어? 확실히 약속할 수 있는 건 내가 너를 다른 사람으로 살게 해 줄 수 있다는 거야. 단, 아무한테도 비밀을 말하지 않는다면 말이야."

머리로는 말이 안 된다고 생각했지만 통제되지 않은 간절한 속마음이 제멋대로 쏟아져 나왔다. 진혜율 선배보다 예뻐지면, 저 아이가 되면 무엇이든 할 수 있을 것만 같았다.

"제가 포스터 속 애처럼 예뻤으면 좋겠어요. 그 애가 되고 싶어요."

"좋은 기회는 놓쳐선 안 되는 법이지."

그가 손가락으로 맨 위의 카드를 툭툭 건드릴 때마다 카드가 반시계 방향으로 돌며 황금빛 안개비가 내렸다. 부채꼴처럼 펼쳐진 카드가 순식간에 색색의 선으로 연결된 토너먼트 대진표처럼 모습을 바꿨다. 그는 회색 구름을 뭉쳐 만든 듯한 알약을 내 왼손에 올려놓았다.

"네가 부러워한 사람, 방금까지 되고 싶다고 소망한 바로 그 사람으로 살 수 있는 기회를 줄게."

펼쳐진 내 손바닥 아래로 보이는 운동화 앞코가 오늘따라 동그랗게 보였다. 뭐에 홀린 듯 알약을 삼키는 순간, 그의 회색빛 눈동자가 점점 크게 보였다.

잠결에 눈을 뜨니 낯선 방이었다. 휴대폰에 찍힌 오늘은 3월 14일 금요일이었다. 내가 기억하는 오늘은 5월 23일 금요일이었다. 침대 앞쪽 벽에 걸린 거울 앞에 서자 내가 아닌 얼굴이 나를 바라보고 있었다. 포스터를 만든 사람은 똥손이 분명했다. 이 아이는 실물이 훨씬 예뻤다.

'아, 예쁘다!'

만족스러웠다. 어딜 가든 사람들의 눈길을 끌고 사랑받을 외모였다. 만약 지금의 나를 진혜율 선배와 은호가 본다면 어떤 표정을 지을지 궁금했다. 앞으로 펼쳐질 새로운 인생에 대한 기쁨과 설렘으로 심장이 요동쳤다. 자기 얼굴을 보며 '정말 예쁘다'를 연발할 수 있는 기쁨은 아무나 누릴 수 있는 게 아니었다. 옷장에서 교복을 꺼내 보니 노란색 명찰에 검은 실로 '독고영은'

이라고 박혀 있었다.

"얘 이름이 영은이구나. 아니, 이제 내 이름이 독고영은이구나."

지금껏 한 번도 느껴 보지 못한 기분이 낯설지만 좋았다. 약간의 불안함이 섞인 감정이지만 만족스러웠다. 엄마 얼굴이 스치듯 떠올랐다. 그러나 욕망이 금세 사랑을 가렸다.

"야, 독고영은이다. 쟤는 왜 맨날 예쁘냐."
"저 얼굴로 딱 하루만이라도 살아 봤으면 좋겠다."

버스 차창에 비친 얼굴은 예쁘다는 말로는 부족했다. 여자아이들과 내 얼굴이 한 유리창에 같이 비치자 아이들은 슬그머니 고개를 돌렸다. 누구든 옆에 서면 주눅 들 미모였다. 내가 모르는 아이들이 일방적으로 나를 알아봤다. 우르르 모여드는 눈빛이 정말 짜릿했다. 주변에 있는 모든 사람이 나를 바라보는 듯했다. 타인의 인생 속에서 내가 주인공이 된 것 같았다.

놀랍게도 교실 맨 앞줄에 현아가 앉아 있었다. 그런데 현아와 독고영은은 친하지 않은지 현아는 내 쪽을 바라보지 않았고, 나 역시 먼저 말을 걸 분위기는 아니었다. 교탁 위 자리 배치도를 확인한 뒤 내 자리로 갔다.

책상에 가방을 내려놓기도 전에 단발머리 여자아이가 내 앞

자리에 걸터앉았다.

"영은아, 우리 일요일에 놀이공원 갈 건데 같이 갈래?"

"누구누구?"

"1반 서정이랑 해환이, 우리 반에서는 태성이랑 너랑 나."

누군지 모르겠지만 자리에 앉자마자 손을 꼭 잡는 걸 보면 독고영은과 친한 사이인 것 같았다. 완벽하게 독고영은으로 살려면 그 아이가 친했던 아이들과 어울려야 할 것 같아 고개를 끄덕였다.

"개장부터 폐장까지 풀로 달린다. 고고!"

"박채린, 목표가 몇 개냐?"

"오늘 최소 열 개는 타야 함. 이거 못 채우면 레알 손해임."

채린이라는 아이는 정말 명랑하고 유쾌했다. 웃을 때 단발머리를 좌우로 흔드는 모습이 귀여웠다.

"해환, 서정, 너희 영은이랑 잘 모르지? 영은아, 인사해. 얘들은 1반 해환이랑 서정이."

"안녕."

"안녕. 나 놀이공원 진짜 오랜만에 와 봐. 나 이런 거 잘 못 타는데."

나는 놀이기구를 올려다보며 먼저 말을 했다. 처음 보는 아이들과 같이 있는 게 어색했지만, 대화가 끊어지면 아이들이 평소와 다르다고 느낄 것 같아 줄 서 있는 동안 더 편하게 말하려고 애썼다.

"서정아, 너 팔찌 되게 예쁘다."

"이거 내가 만든 건데, 괜찮지?"

"우아, 완전 잘 만들었다."

"다음에 너 하나 만들어 줄까?"

"진짜? 고마워."

"너 틴트 어디 것 써? 색 되게 예쁘다."

"브랜드는 잘 모르겠는데, 집에 가서 확인하고 밤에 DM 보낼게."

서정이는 어느 브랜드 파우더가 발림성이 좋다느니 어느 틴트가 색이 예쁘다느니 하는 말을 했고, 나는 화장은 잘 모르지만 대화에 열심히 참여했다.

"박태성, 윤해환! 게임 좀 접고 같이 놀지?"

"아, 잠깐 이것만 하고."

"야, 거기서 집 짓는다고 그거 네 집 아니야."

게임을 하는 해환이를 바라보며 서정이가 장난스레 말했다.

'서정이가 해환이를 좋아하는구나.'

서정이 얼굴을 보는 순간, 내가 은호를 바라볼 때 저런 표정이지 않을까 싶었다.

"너네도 깔아. 이거 개꿀잼임. 어차피 한 시간 대기각인데 같이 하자."

"나는 휴대폰 게임 하면 어지럽더라. 너희끼리 해."

채린이가 손을 저으며 내 어깨에 머리를 기댔다.

"그럼 2 대 2로 편 먹고 반 대항으로 하자. 내가 태성이랑 할 테니까 해환이랑 서정이가 같은 편 해."

나는 짝사랑에 빠진 사람의 마음을 누구보다 잘 알았다. 그래서 서정이를 도와주고 싶었다.

범퍼카를 타면서 진짜 자동차를 탄 것처럼 액셀을 꾹 밟았다. 사람들이 몰린 곳이나 구석으로 낄 때마다 운전대를 좌우로 돌렸지만 빠져나오기가 생각만큼 쉽지 않았다. 뒤에서 누가 들이받아 몸이 튕길 때마다 비명에 가까운 소리를 마구 질렀다.

다음 놀이기구는 사파리 보트였다. 줄을 선 순서대로 타면 내 옆에 해환이가 앉게 될 것 같았다.

"나랑 자리 바꿔 줄 사람. 맨 앞자리는 좀 무서워서."

겁이 난다는 핑계를 대며 서정이 쪽을 바라봤더니 순간 서정이 얼굴이 환해졌다. 서정이는 활짝 웃으며 나와 자리를 바꿨다. 물결이 넘실거릴 때마다 배가 이리저리 흔들렸고, 배가 벽에 부딪힐 때마다 짜릿했다. 서정이가 앉은 앞자리로 물이 가장 많이 튀어서 서정이 옷이 제일 많이 젖었다.

"나랑 자리 바꾸는 바람에 옷이 너무 많이 젖었다."

"괜찮아."

서정이는 흠뻑 젖은 옷을 신경 쓰지 않을 만큼 기분이 좋아 보였다. 누구를 좋아하는 마음이 담긴 얼굴은 저렇구나 싶었다. 내가 은호를 좋아할 때도 저랬을까 하는 생각에 괜히 마음이 시큰했다.

"우리 저거 찍고 가자."

채린이가 포토 부스를 가리켰다. 나는 서정이와 해환이가 나란히 설 수 있게 왼쪽 가장자리에 섰다. 카메라 위의 숫자가 하나씩 줄었다. 우리는 점점 빨라지는 타이머 소리에 맞춰 자세를 잡았다. 화면에 뜬 내 얼굴이 정말 예뻤다.

SNS에 들어가니 나를 태그했다는 알림이 여러 개 와 있었다. 나는 게시물을 타고 채린이와 서정이 SNS로 들어가 사진에 하트를 누르고 댓글을 단 후에 게시물을 내 피드로 재공유했다. 지하철에서 내려 집에 가는 동안에도 SNS에 댓글과 하트가 달렸다는 알림이 쉴 새 없이 울렸다. 나는 서정이에게 DM을 보냈다.

- 서정아, 이거 윤해환 사진.
- 엇, 언제 찍었어?
- 아까 너희 화장실 갔을 때 걔가 내 독사진 찍어 줘서 나도 찍어 줬지. 너 주려고.
- 나??
- 너 윤해환 좋아하는 거 아냐?
- 헉, 어떻게 알았어?
- 윤해환 바라볼 때 눈에서 레이저 쏘던데.
- 으악, 그렇게 티 났어?
- 엄청. 내가 일부러 자리도 바꿔 줬는데, 이 노력을 몰랐단 말이야?
- 진짜 고마워. 나 해환이 되게 오랫동안 좋아했거든.

친구에게 도움을 줬다는 생각에 뿌듯하면서도 은호와 나를 이렇게 이어 주려는 사람이 있었으면 결과가 달랐을까 싶어서 아쉬움이 밀려왔다. 은호의 SNS에 들어가려다가 이내 고개를 저었다. 여기에서까지 진혜율 선배를 보고 싶지는 않았다. 보고 나면 괜히 신경 쓰일 것 같았.

"오늘부터 체육 대회 때 할 단체 줄넘기 연습을 합니다."
나는 운동장 가운데에 줄을 잡고 섰다. 호루라기 신호에 맞춰 팔을 최대한 크게 뻗어 줄을 돌렸다. 순서대로 아이들이 줄 안으로 폴짝 들어왔다가 뛰어나갔다.

"아야!"

현아가 줄에 맞은 종아리를 매만졌다. 벌써 세 번째였다.

"얘들아, 미안해."

얼굴이 벌게진 현아가 울먹이며 말했다. 넘어지면서 바지에 묻은 흙먼지를 현아가 툭툭 털었다. 무릎에 피가 맺혀 있었다.

"저기, 내가 바꿔 줄까?"

현아가 단체 줄넘기를 얼마나 싫어하는지는 잘 알고 있었다. 중학교 체육 대회 때마다 너무 하기 싫다며, 시험 칠 때보다도 더 떨린다고 했었다.

"영은아, 정말? 그래도 돼? 진짜 진짜 고마워."

현아가 내 손을 잡으며 연신 고맙다고 했다. 선지유로 살 때 현아와 함께했던 모든 순간이 한꺼번에 떠올랐다. 지금 나는 독고영은이 되었지만, 여기서도 현아와 절친이 되고 싶었다.

"오늘도 네 인스타 터져 나간다. 이거 전부 답글 달아 주려고 너 맨날 밤새우냐?"

"아니야, 금방 달아. 나한테 좋은 말 해 주는데 어떻게 그냥 지나쳐."

"이건 또 뭐야? 어제 살려 줘서 고마웠어? 너 어제 누구 목숨 구해 줬냐?"

"뭐? 아……. 버스에서 잔액 부족 뜨는 애 대신 카드 찍어 줬더니 인스타 찾아왔네."

현아와 이야기를 하는데 채린이가 다가와 젤리를 내밀며 말했다.

"독고영은이 또 독고영은했구나."

"나 얘 처음 봤을 때 되게 차가울 줄 알았잖아."

채린이가 현아 말에 고개를 끄덕였다.

"나도 이렇게 친해질 줄 몰랐어. 중3 때 같은 반일 때는 완전 새침했다니까?"

"이렇게 도도하게 생겼는데 누구한테나 친절한 캐릭터일 줄이야."

나는 어깨를 으쓱하며 싱긋 웃어 보였다.

"참, 너희 이번 주에 시간 돼? 같이 옷 사러 가자."

"채린이 너, 전에 말한 우정 반지 사러 가려는 건 아니지?"

현아가 설마 하는 표정으로 물었다.

"어, 맞는데! 내가 무료로 각인해 주는 데 알아 놨어."

"쫌! 그런 건 남친이랑 하라고."

"있지도 않은 남친이랑 어떻게 반지를 해. 난 베프인 너네랑

하고 싶단 말이야. 영은아, 반지 할 거지? 하자, 응?"

나는 현아와 채린이를 번갈아 바라보다가 고개를 끄덕였다. 채린이가 애교를 부리자 현아도 결국에는 웃음을 보였다.

조회를 알리는 종이 울리자 현아가 나에게 휴대폰을 내밀었다.

"인기 최고 우리 휴대폰 담당 독고짱. 이거 제출 좀 부탁해."

"이거 셔틀 아니야?"

"아이, 어차피 점검하러 나가야 하잖아. 셔틀 아니고 간청."

교실 앞 교탁에 서서 번호에 맞게 현아 휴대폰을 넣으려는 순간, 휴대폰 뒷면에 붙은 즉석 사진이 눈에 들어왔다. 중학교 졸업식 날의 선지유가 달라진 지금의 나를 바라보며 웃고 있었. 어쩌면 독고영은이라는 아이는 월요일부터 금요일까지 사진 속의 나를 마주했을 것만 같았다.

노 러브, 노우 러브
No love, Know love

"야, 전학생 되게 귀엽게 생겼어."

"그치! 다시 보러 가자."

오늘따라 여자아이들 기분이 좋아 보였다. 나는 뒷자리에 앉은 아이에게 입 모양으로 무슨 일이냐고 물었다.

"교무실에서 전학생 봤나 봐."

"어떻게 생겼길래 애들이 저러는 거야."

"그러게. 우리도 가 볼까?"

"어휴, 됐어."

나는 피식 웃으며 책상 고리에 가방을 걸었다. 조회 때까지는 아직 시간이 꽤 남아서 무선 이어폰을 꽂고 기운이 넘치는 아이들의 세상과 내 시간을 분리했다.

시침과 분침이 정확히 90도를 이루었을 때 담임 선생님이 먼저 들어오고, 그 뒤로 전학생이 따라 들어왔다. 너무 놀라서 마시던 주스를 주르륵 뱉어 내는 아침 드라마 장면이 밈으로 유행한 적이 있었는데 만약 내가 지금 음료수를 마시고 있었다면 그 장면을 똑같이 재연할 것 같은 순간이었다.

"전학생 잘생겼네. 저 정도면 상위권!"

"오, 쟤 인기 많을 듯!"

아이들의 속닥거림이 교실을 떠돌았다. 전학생은 바로 은호였다.

나에게 패배감만 남긴 첫사랑을 이런 식으로 다시 만나게 될 줄은 전혀 몰랐다. 미끌미끌한 개구리들이 온몸에 철퍼덕, 하고 달라붙는 것만 같았다. 은호를 바라보는 내 몸에 소름이 돋았다.

"자, 가창 수행 설명할게요."

음악 선생님이 컴퓨터를 세팅한 뒤 음악을 재생했다.

"남학생과 여학생이 한 조를 이루고, 짝은 제비뽑기로 정합니다. 창가 쪽부터 한 명씩 나와서 남학생은 파란 상자에서, 여학생은 노란 상자에서 한 장씩 쪽지를 꺼냅니다. 모두 다 뽑을 때까지는 쪽지를 펴지 않습니다. 먼저 펼쳐 보면 반칙입니다."

우리는 간식을 받으러 가는 유치원생들처럼 줄을 섰다. 1번부터 끝 번호까지 다 고른 뒤에야 선생님은 자기가 뽑은 쪽지를 펴 보라고 했다.

"넌 뭐라고 적혀 있어?"

"가는 말이 고와야. 너는?"

"가재는."

"이거 속담 아니야?"

아이들은 선생님이 규칙을 마저 설명하기도 전에 알아서 자기 짝을 찾기 시작했다.

"기역 자도 모른다 뽑은 사람 누구야?"

"남의 떡이 뽑은 사람 손!"

저마다 자기 조원을 찾기 바빴다.

"가재, 가재 어디 있냐? 여기 '게 편'한테 개 편하게 와."

나름 말장난을 하며 나를 찾는 사람은 은호였다. 나는 어정쩡하게 손을 들고 은호에게 갔다. 은호의 웃는 모습이 가까워질수록 옛 모습들이 뒤엉켜 머릿속이 복잡했다. 내가 아직도 은호를 좋아하는 건지 내 감정을 확실히 알 수가 없었다. 분명한 사실은 은호를 보면 여전히 심장이 간질대고 마음속에서 뭐가 자꾸 보글거리는 느낌이 든다는 거였다.

음악 수행 평가를 준비하면서 우리는 점점 친해졌다.

"독고, 뭐 하냐?"

"원래 중요한 거에는 이렇게 형광펜을 쫙 그어야 잘 기억할 수 있어."

"보통은 교과서에 긋지, 누가 너처럼 식단표에 긋냐?"

"이것보다 중요한 게 어디 있어? 학교도 다 잘 먹고 잘살자고 다니는 거야."

"그냥 급식실 내려가서 먹는 거랑 메뉴 외워서 먹는 거랑 맛이 달라?"

"당연히 다르지. 온 우주의 기운을 모아 경건한 자세로 먹는 거랑 한 끼 식사를 그냥 맞이하는 거랑 맛이 같을 수가 없지."

"누가 보면 음식 평론가인 줄. 그래서 오늘 메뉴가 뭐야?"

"김치제육볶음."

나는 예전에 엄마가 해 준 김치제육볶음 냄새가 글자에 고스란히 배어 있는 것 같아서, 웃음이 나오면서도 금세 눈에 눈물이 차올랐다.

"왜 그래? 돼지고기 얘기가 그렇게 웃다가 갑자기 눈물 고일 일이야?"

"돼지가 불쌍해서 그런다, 왜."

은호가 어이없다는 듯 색색 형광펜으로 칠해진 식단표를 바라보았다. 나는 마음의 힘을 힘껏 끌어당겨 현재를 바라보았다. 은호가 말간 얼굴로 나를 보며 웃고 있었다.

나는 타지 않게 뒤집어 줘야 하는 생선구이처럼 몸을 이리저리 뒤척이다가 천장을 바라보고 이불을 뒤집어썼다. 쉽게 잠이 오지 않았다. 한동안 눈만 감고 있다가 결국 이불을 끌어 내리고 일어나 앉았다. 새벽 2시 20분. 눈만 감고 있던 시간이 무려 두 시간 가까이 되었다.

이번에는 마음이 혼자서 돌진하지 않게 조심해야 했다. 그래도 얼굴이 다르니 결과도 다르지 않을까 하는 기대가 얕게 깔려 있었다. 이렇게 예뻐졌으니 이번에는 고백도 못 하고 끝나는 짝사랑이 되진 않을 것 같았다. 내가 좋아한다고 말하면 진혜율 선배와 헤어지고 나를 선택해 주지 않을까 하는 기대를 했다.

"영은아, 은호 여친이 푸른외고 축제 초대권 DM으로 보냈대. 나 작년에 친구랑 그 축제 가 봤는데 진짜 최고야."

나는 현아의 들뜬 표정을 보며 애써 웃었다. 진혜율 선배가 구해 줬나 싶어서 기분이 나빴지만 겉으로 드러낼 수는 없었다. 어쩌면 내 몸을 마주칠 수도 있겠다는 생각에 망설여지면서도 한편으로 심장이 두근거렸다.

오랜만에 푸른외고 교문을 통과하며 익숙했지만 이제는 낯선 교복을 대하자 감회가 새로웠다. 간간이 힐끔대는 시선이 느껴졌지만 뿌듯함보다는 왠지 조마조마하고 근육이 수축하는 느낌이 더 강했다. 혹시라도 내 몸을 마주친다면 멀찌감치에서 내가 바라보게 되기를 바랐다. 엄마도 왔을 것 같아서 주위를 둘러보았지만 사람이 너무 많아서 찾을 수 없었다.

"네 여친은 어디 있어?"

내가 물어보고 싶은 말을 현아가 대신 물어봤다.

"방송부라 바빠서 오늘은 인사하기 힘들 것 같아."

은호의 말에 나는 진혜율 선배의 오만한 표정이 떠올랐다. 그래도 겁나지 않았다. 지금의 나는 선지유가 아니라 독고영은이니까 진혜율 선배에게 밀리지 않을 거라고 생각했다.

무대에 조명이 들어오고 사회자가 가운데로 걸어 나온 순간, 나는 기절할 것 같았다. 내 얼굴, 선지유가 틀림없었다.

"어!"

나만큼 놀란 사람은 은호였다. 다른 점이 있다면 내 얼굴은 점점 굳어서 풀어질 줄 몰랐고, 은호의 얼굴은 점점 부드러워졌다는 것이다.

"저 사회자가 내 여친이야."

오늘 내 몸과 은호의 여자 친구를 보는 일이 전부 일어날 수도 있다고 예상은 했지만, 이렇게 동시에 진행될 줄은 몰랐다. 은호의 여자 친구는 당연히 진혜율 선배일 거라고 생각했다. 내 상식으로는 선지유와 은호는 절대로 함께 놓일 수 없었다. 선지유가 은호 여자 친구인 것도, 축제 사회자인 것도 모두 믿기 힘든 사실이었다.

내가 나를 보고 있는 게 힘들면서도 희한하게 자꾸 보고 싶었다. '나'이면서 '나'가 아닌 저 선지유는 내가 그토록 바라던 자리에 서서 내가 원하던 모든 걸 갖고 있었다. 아주 당당하게. 매우 멋지게. 다른 것은 눈에도 귀에도 들어오지 않았다. 모두 흥얼거리고 따라 부르고 뛸 때 나는 오직 사회자만 바라보았다.

웃거나 고개를 끄덕이는 모습을 보면 선지유가 확실했다. 상상 속에서만 가능했던 일이 눈앞에 펼쳐지고 있었다. 즐거워하는 사람들 속에 굳어 있는 사람은 나뿐이었다. 뚜껑이 열린 맨홀에 발이 빠진 사람처럼 소용돌이치는 감정에 빠져 움직일 수 없었다. 폭우로 굽이쳐 흐르는 빗물이 맨홀로 휘감겨 들어가듯 나는 홱 돌아 나갔다. 그대로 정지해 있던 몸이 한번 움직이기 시작하자 발걸음이 빨라졌다.

"영은아, 벌써 가게?"

아무런 대꾸조차 없이 빠르게 사라지는 내 뒷모습을 은호는 어떤 표정으로 바라보고 있을까. 휴대폰이 울렸지만 확인하지 않았다.

> 말도 없이. 급한 일이라도 생겼어?

한참을 우두커니 서서 하늘을 바라보다가 DM을 확인했다. 발신 창에 세로선이 깜박였지만 어떤 말도 입력하기 힘들었다.

내 얼굴을 보고 나니 엄마가 궁금했다. 아주 기쁠 때, 맛있는 음식을 먹을 때, 속상할 때, 독고산 아저씨와 어색할 때, 엄마 또래의 중년 여성을 스쳐 지나갈 때……. 순간순간 엄마가 보고 싶었다.

버스가 가다 서기를 반복하는 내내 나는 후드 주머니 속에 든 원형 거울을 공처럼 둥글렸다. 반질반질한 거울 표면에 닿는 손가락 끝이 차가웠다.

정류장에 내려 간판을 올려다봤다. '서울이엘치과'. 엄마와 내가 함께 지은 이름이었다.

"지유야, 집 근처에 개원하려고. 엄마가 우리 딸 유치원에서 조금이라도 일찍 데려오고 싶어서."

"정말? 이제 나 매일매일 엄마 일찍 볼 수 있는 거야? 생각만 해도 마음이 몽글몽글해져."

"우리 지유, 마음이 몽글몽글하다는 게 뭘까?"

"엄청 행복한 거야. 마음이 구름처럼 뭉게뭉게 피어오르는 건데, 뭐라고 말해야 하지?"

"뭔지 알겠다. 엄마 마음도 몽글몽글해. 내가 지유 엄마라서 정말 좋아. 사랑해."

 어린 나는 들떠서 웃었고 엄마는 따스한 손길로 내 머리칼을 귀 뒤로 넘겨 주며 함께 웃었다.

 독고영은으로 살면서부터 온라인 공간에서 모르는 사람들에게 사랑한다는 말을 날마다 들었다. 누가 나를 좋아해 준다는 것은 고맙고 기분 좋은 일이지만 엄마의 사랑을 대신할 수는 없었다. 나는 축제에서 '선지유'를 보고 있을 엄마를 떠올리며 치과 간판을 오래도록 바라보다가 집으로 돌아갔다.

 "은호야, 어제 미안. 아빠한테 갑자기 연락이 와서 급하게 먼저 나왔어. 네 여친 사회 잘 보더라."
 "응, 사회자인 줄은 나도 어제 처음 알았어."
 "둘이 어떻게 사귀게 된 거야?"
 "얘기하자면 긴데, 내가 힘들 때 걔가 유일하게 내 말을 들어줬거든. 좋아하는 게 비슷하기도 했고."
 진혜율 선배를 좋아하다가 어떻게 전혀 공통점이 없는 선지유에게로 마음이 간 거냐고 묻고 싶었지만, 아는 척할 수 없었다. 은호가 좋아하는 사람이 내 얼굴을 한 또 다른 누구라는 게 씁쓸했다. 외모 때문에 고백할 생각조차 못 했던 과거의 나부터 사회자가 되어 축제를 누비는 지금의 모습까지, 모든 장면이 머릿속에서 줄줄이 소시지처럼 딸려 나왔다.

"생기부 좀 채우게 의료원에서 봉사 활동 기록 좀 쌓자."

독고산 아저씨는 독고영은 의사 만들기라는 희망을 여전히 버리지 못했다. 나는 의대를 바라서가 아니라 봉사 활동을 해 보고 싶어서 고개를 끄덕였다. 동상이몽이었다.

"어디로 가는데요?"

"헤븐의료원. 쉽지 않겠지만 왜 의료인이 되고 싶은지 생기부나 면접에 녹여 낼 수 있는 좋은 기회야. 아픈 사람들을 보면서 자기 삶에 만족하게 되는 부수적인 효과도 있고."

의료원에서 만난 인간의 몸은 그저 무르고 한순간에 무너지기 쉬운 기관들의 집합에 불과했다. 허물어짐이 다가오는 여러 삶을 코앞에서 바라보는 건 많은 깨달음을 줬다. 내가 누리는 모든 일상이 그들에게는 돌려받고 싶은 축복인 듯했다. 불행하지도 않으면서 불행하다고 여긴 나는 선지유일 때도 지금도 아주 많은 걸 누리고 있다는 생각이 들었다.

"의료 봉사자님들 인터뷰를 하려고 하는데 혹시 시간 괜찮으세요?"

봉사 활동 마지막 날, 의료원 홍보팀에서 나에게 말을 걸었다.

특별히 의료 지식이 많은 것도 아니고 의대생들도 있었는데 왜 나였을까? 아무도 말하지 않았지만 이유는 하나였다. 다른 봉사자들이 속으로 어떤 생각을 할지 너무 잘 알았다. 나도 예전에는 그랬으니까.

　얼굴 덕분에 크고 작은 이득이 매일같이 반복되는 게 좋은 건 사실이었다. 그리고 이 특혜는 예상치 않은 기회를 가져다줬다. 우연히 인터뷰를 본 기획사 직원의 눈에 들었고 적절한 시기에 적당한 운으로 작용했다. 삶이란, 아무리 애써도 길이 보이지 않다가도 뜻밖의 계기로 정답을 찾는 것이기도 했다.

"여기는 오늘부터 우리 팀에 합류하게 된 독고영은."
"안녕하세요."
"늦게 합류했지만 영은이가 우리 데뷔 조에 빨리 적응할 수 있게 다들 많이 도와주자."

　실장님이 부탁하자 연습생들이 고개를 끄덕였다. 그렇지만 우리끼리 남았을 때 나를 대하는 표정이 굳는 건 내가 생각해도 아주 당연했다. 길게는 5년이 넘도록 아직 연습생인 언니도 있는데 오디션도 거치지 않고 갑자기 합류한 나를 좋게 보리라고는 기대하지 않았다.

"아!"

"죄송합니다."

안무 연습 도중에 발을 밟거나 팔을 너무 크게 돌리는 바람에 옆 사람 머리카락을 당기게 되는 일은 종종 일어났다.

"괜찮아."

말은 이렇게 하지만 괜찮지 않은 반응이 돌아오곤 했다. 정말로 괜찮다며 자기도 처음에 그랬다고 말해 주는 멤버는 나경이 한 명뿐이었다.

"언니, 춤 정말 잘 추시는데 저 좀 가르쳐 주실 수 있어요? 이 부분을 더 잘 살리려면 어떻게 해야 돼요?"

거절당할까 봐 두려웠지만 용기를 내 리더 언니에게 먼저 물어보았다.

"그런 건 네가 시간을 들여서 노력해야지, 왜 나한테 물어보니?"

돌아온 건 차가운 거부였다. 다른 멤버에게는 여기는 이렇게 해라, 저기는 저렇게 해라, 오히려 너무 잔소리를 해서 싸움이 날까 봐 조마조마할 때가 종종 있었는데 나에게는 아예 지적조차 하지 않았다.

힘든 일은 이게 다가 아니었다. 매일 먹어야 하는 계란, 고구마, 닭가슴살, 토마토가 똑같은 안무를 열 시간씩 반복하는 것보다 더 힘들었다.

"이거 먹을래?"

초콜릿이었다. 그나마 기존 연습생 중에서 나에게 호의적인 나경이었다.

"나 여기 처음 들어왔을 때 찐으로 힘들었어. 연습량은 겁나 많지, 먹을 거는 진짜 조금 주지. 나 계란 노른자 완전 싫어하거든? 근데 여기 와서는 노른자 킬러 됐잖아. 너무 배고파서."

"고마워. 밥이 진짜 이렇게 소중한 줄 지금까지 모르고 살았는데, 여기 와 보니 왜 쌀이 인간의 주식인지 잘 알겠어. 난 군고구마 엄청 좋아하는데, 여기서 물에 빠뜨린 고구마만 먹다 보니 이제는 고구마 껍질 색깔만 봐도 메슥거려. 그런데 이런 거 먹어도 돼? 실장님이 체중 관리해야 한다고 하셨는데."

"비상식량 필요하면 말해. 걸그룹도 사람인데 살고 봐야지. 다들 몰래몰래 먹어. 풀만 먹고 어떻게 견뎌? 사람이 소도 아니고."

주 6일, 하루에 열 시간씩 연습에 몰입했다. 아직 걸그룹이 된 것도 아닌데 살인적인 스케줄이었다. 아파도 연습은 빠질 수 없었다. 물론 나만 힘든 건 아니었다.

"엄마, 나야. 연습하다가 잠깐 엄마 보고 싶어서. 응. 곧 데뷔라 바쁘네. 엄마는 어때? 엄청 보고 싶어."

엄마와 통화하는 멤버를 볼 때면 나도 엄마가 생각났다. 나는 전화할 가족이 없었다. 힘들지만 잘 버티고 있다고, 하지만 재미있기도 하다고 말할 상대가 나경이 빼고는 없었다. 현아에게 전화로 조금 징징대기는 했지만 그래도 부럽다는 대답으로 끝나는 대화에서 자꾸 우는소리를 하기는 싫었다. 내가 어떤 말을 해도 내 편인 엄마가 보고 싶었다.

"이 초콜릿 껍질 누가 버린 거야?"
실장님의 화난 목소리가 연습실을 가득 채웠다.
"너희 체중 관리해야 하는 거 몰라? 오늘 몸무게 재는 날인 거 모르는 사람 있어?"
모두 체중이 인쇄된 종이를 들고 죄인처럼 고개를 숙였다. 초콜릿의 주인은 끝내 나타나지 않았다.
"누가 먹었니? 얼른 말해. 우리, 숙소 검사까지 가는 상황은 만들지 말자. 한 시간 줄게. 먹은 사람이 내 방으로 와."
나경이가 나에게 준 초콜릿과 같았지만 저건 내가 먹은 초콜릿이 아니었다. 나는 껍질을 연습실 바닥에 버린 기억이 없었다. 나경이를 바라봤지만 나경이는 내 쪽을 쳐다보지 않았다.
"이상하네. 몰래 먹었으면 껍질을 절대 연습실에 둘 리가 없는데. 누가 일부러 실장님 보란 듯이 놓았을까?"
리더 언니의 날카로운 지적이 마음을 꿰뚫고 지나갔다. 리더 언니가 나를 바라보며 말했다.

"여기서 죽지 않을 만큼 식단을 정해서 주는 건 다 이유가 있어서야. 몰래 간식을 먹어서도 안 되고 줘서도 안 돼. 가지고 있는 것만으로도 혼날 일이라고. 여기서 그 규칙을 모르는 사람은 독고영은 너 하나인 것 같은데, 누가 너한테 초콜릿을 줬니?"

"언니!"

나경이가 다급히 리더 언니를 불렀다.

"제가 줬어요. 언니도 쟤 싫어하잖아요. 들어온 지 얼마 되지도 않았는데 센터가 말이 되냐고요."

"그래도 이런 비겁한 수를 쓰면 되겠어?"

"언니는 억울하지도 않아요? 저는 억울해요. 꼬박 2년을 데뷔조에 들어오기만 기다렸어요. 그런데 쟤는 제일 늦게 갑자기 들어와서 고작 몇 달 만에 우리랑 같이 데뷔한다고요? 실력이 뛰어나면 그래도 덜 억울할 텐데, 쟤는 그렇지도 않잖아요."

나경이는 아무리 소리쳐도 분이 풀리지 않는다는 듯 외쳤다. 다른 사람도 아니고 힘들 때면 유일하게 나를 위로해 주던 나경이가 사실은 나를 싫어하고 있었다는 게 너무 충격적이었다.

"네가 꿰찬 그 자리, 원래 정민이 자리였어!"

나경이는 나를 째려보고는 그대로 연습실을 뛰쳐나갔다.

"많이 놀랐지?"

나에게는 늘 차갑기만 하던 리더 언니가 처음으로 담담하게 말했다.

"정민이는 너 들어오기 전 월말 평가에서 떨어진 애야. 나경이랑 제일 친했고. 나경이는 실장님이 너 데려오려고 정민이를 내보냈다고 생각하나 봐. 이 세계가 좀 그렇거든. 5년을 연습해도 높은 분들이 너, 너, 너, 너, 너 빼고 나머지 탈락. 그 말 한마디만 하면 5초 만에 짐을 싸야 해. 어제까지 함께 장난치고 웃던 친구를 오늘 당장 못 보게 될 수 있다는 뜻이야. 언제 그만두게 될지 모르는 게 이 세계야. 연습생이 되는 것도 어렵지만 데뷔조에 드는 건 더 어려워. 그리고 데뷔를 해도 뜨는 애는 또 정해져 있어."

"죄송합니다."

"아냐. 엄밀히 따지면 네가 죄송해할 일은 아니지. 우리가 너를 좋게 보기는 어려웠다고 말하고 싶은 거야, 난. 부탁인데, 나경이한테 시간을 좀 줄 수 있을까? 실장님한테 스스로 얘기할 수 있게."

다시 연습실로 돌아온 나경이는 아무렇지 않은 척 안무 연습을 했다. 내가 쳐다보는 줄 알 텐데도 마치 내가 없는 사람인 것처럼 행동했다. 그러더니 못 참겠다는 듯 소리쳤다.

"왜 그러고 서 있어? 나한테 사과라도 받고 싶어서 그러는 거야?"

"응. 받아야겠어. 사과."

그러자 나경이는 기분 나쁘다는 듯 일부러 두 손을 모으며 또박또박 말했다.

"네, 정말 미안합니다. 얼굴만 믿고 설치는 그쪽이 정말 보기 싫었어요."

위아래로 비비는 두 손바닥과 달리 내 어깨로 떨어지는 얄미운 미소 때문에 진짜 마음이 어떤지 더 잘 보였다.

"정민이라는 애······."

"그 이름 부르지도 마. 걔가 너 때문에 연습생 쫓겨나서 어떻게 된 줄 알기나 해?"

나경이가 울며 소리쳤다. 마치 자기가 피해자인 것처럼. 내가 가해자인 것처럼.

"어떻게 됐는데?"

궁금해서 물어본 건 아니었다. 억울해서 물어본 말에 돌아온 대답을 듣고 머리가 띵할 정도로 정신이 흐려졌다.

"죽었어. 죽었다고!"

"나경아, 그만. 그만해."

리더 언니가 나경이를 끌어안았다.

"정민이가 쟤 때문에 죽었잖아요. 흐흑······ 흐흐흑······."

"영은이 때문이 아니야. 솔직히 너도 알잖아. 상관없다는 거."

나경이는 리더 언니의 팔에 얼굴을 파묻고 울음을 삼켰다. 피를 토하는 슬픔이라는 게 저런 것일까. 그 아픔의 깊이를 잴 수 없어서 나는 그냥 가만히 서 있었다.

다른 멤버가 조용히 내 팔을 끌었다.

"정민이는 3년이나 연습생 하던 애야. 그냥 시기상 우연일 수 있는데, 정민이 나가고 바로 그달에 네가 들어왔어. 정민이는 노래도 잘하고 춤도 정말 잘 췄거든. 걸그룹 하려고 자퇴까지 할 만큼 노래에 진심이었어. 하지만 얼굴이 예쁘지는 않았어. 그런데 실장님이 얼굴 센터 할 애를 찾는다는 말을 어디서 들었나 봐. 누가 들어오면 다른 누가 나가야 하니까, 그게 여기 규칙이니까 불안했을 거야. 게다가 월말 평가에서 떨어진 게 얼굴 때문이라는 생각에 성형 수술을 받으러 갔나 봐. 그런데 마취 사고로……."

뒷말은 더 듣지 않아도 어떻게 된 사정인지 알 것 같았다.

"그러니까 나경이가 미워도 아주 조금만 싫어해 줄래? 너는 정말 예쁘기도 하고 연습생된 지 얼마 안 되어서 바로 데뷔하니까 잘 모르겠지만, 우리는 무슨 이유로 언제 거부당할지 모르는 하루하루를 조마조마해하며 여기까지 왔거든."

한 번도 본 적 없는 정민이라는 아이의 마음이 진심으로 이해가 갔다. 나도 예쁘지 않다는 사실 때문에 가장 소중한 걸 놓고 왔으니까. 위험을 감수하고 성형 수술대에 오를 수밖에 없었던 심정을 누구보다 잘 알 것 같았다.

"저…… 실장님. 그 초콜릿 제가 먹었어요. 죄송해요."
"영은아, 아무리 나중에 합류했다고 해도 너 데뷔 조야. 우리가 왜 식단 짜서 주겠어? 생각을 좀 해 봐."
"그 정도는 먹어도 되는 줄 알았어요. 정말 죄송합니다. 앞으로는 이런 일 없을 거예요."

정민이라는 아이의 죽음에 나는 아무 책임이 없다. 나경이 말처럼 내가 쫓아냈다는 건 지나친 억지다. 그렇지만 한 번도 본 적 없는 그 아이의 아픔을 나는 충분히 이해한다. 예쁘지 않다는 건 내가 지닌 다른 모든 장점을 녹슬어 보이게 했다. 나는 공부도 잘하고 성격도 좋고 누구보다 따뜻한 부모님을 두었지만, 얼굴만 생각하면 늘 초조했다. 그래서 꽃잎보다 아름다운 내 인생을 낙엽처럼 구겼고, 예쁜 아이들을 보면 감탄과 동시에 탄식을 내뱉었다. 선지유라는 사람 자체만으로도 괜찮았는데 그 사실을 거짓으로 만든 건 바로 나였다. 그런 감정을 정민이라는 아이도 고스란히 느꼈을 것 같아 마음이 아팠다.

"영은, 우리 이 부분 다시 맞춰 보자."

"영은, 네가 드레스룸 옷 내 것까지 정리한 거야? 고마워."

"영은, 인스타 아이디 뭐야? 우리 서로 팔로우하자."

나경이 일을 실장님에게 이르지 않고 내가 뒤집어쓴 것만으로도 멤버들은 나를 달리 봤다. 물론 한배를 탄 멤버여도 서로 견제할 수밖에 없는 사이라는 점은 변하지 않았다. 하지만 적어도 우리라는 말의 테두리 안에 나를 끼워 주었다. 독고영은으로서의 시간이 그렇게 흘러갔다.

06

이게 바로 나야

"안녕하세요, 김 사장님. 우리 딸이 요즘 많이 바빠서 시간이 될지 모르겠네요. 자기가 하고 싶다는데 제 뜻대로 의사 하라고 강요해서야 되나요. 날아다녀야 하는 새에게 날지 말고 걷기만 하라고 하는 것과 같은 이치죠. 하하하, 다음에 시간 될 때 식사 한 번 대접하겠습니다. 네, 들어가세요."

독고산 아저씨가 만족스러운 표정으로 전화를 끊었다.

"플러스써밋 김 사장님이 너를 모델로 쓰고 싶으신가 봐. 아빠랑 친한 분인데, 시간 되면 광고 모델 좀 해 줄래?"

자신을 아빠라고 칭하는 말이 아주 자연스러워졌다. 아이돌을 몰래 준비하다가 들켰을 때는 눈썹이 산맥 모양이 되더니, 국내 대표 포털 3종 어디를 열어도 내 사진이 나오고부터는 지나치게 다정해졌다. 예나 지금이나 정도가 없고 너무 지나쳤다.

모든 게 순조로웠다. 그러나 카메라 앞에서 웃고 떠들다가도 집에만 돌아오면 까닭 모를 허전함이 밀려들었다. 주위에는 늘 나를 떠받드는 사람들이 있고 어쩌다 마주치기만 해도 사람들이 서로 밀치며 달려왔지만, 시간이 지날수록 나는 점점 더 외로웠다. 남들이 부러워하는 삶을 원했는데 이게 정말 행복한 삶일까. 남이 후면 카메라로 찍어 준 사진이 사실은 진짜인데 사진이 잘못 나왔다고 지워 버리고 앱으로 보정한 얼굴을 자기 것이라 믿고 사는 사람들처럼, 나는 무엇을 숨기고 있는 걸까. 속이 편하지 않았다.
　나에게 만족감을 주던 모든 것들이 맨 처음 그대로의 느낌이 아니었다. 처음 샀을 때만 아끼고 갈수록 아무 데나 던져두는 휴대폰처럼.
　지금의 나를 둘러싼 모든 것이 불편했다. 이렇게 생긴 사람의 삶은 더 바랄 것 없이 완벽하게 행복할 것만 같았는데 막상 살아 보니 이 삶에도 분명 어려움이 있었다. 살다 보면 힘든 날도 있고 아쉬운 점도 있기 마련이라지만 기회비용을 내고 선택한 인생이라 그런지 사소한 어려움마저 묵직하게 다가왔다. 마음의 그물이 지나치게 촘촘한 탓에 쓸데없이 많은 것들이 걸렸다. 그렇게 나는 괴로움을 겪고 있었다.

"매니저님, 인터뷰 가기 전에 신사동 먼저 들러 주세요."

오후 6시. 엄마가 퇴근할 시간이었다. 정리하고 내려오는 데 10분쯤 걸리니 6시 10분이면 엄마가 나타날 것이다.

디지털시계의 늘어나는 숫자가 나를 과거에서 현재로 데려다 놓았다. 푸른외고 합격자를 조회할 때나 가수로 첫 무대에 섰을 때와 비교도 할 수 없을 만큼 심장이 쿵쿵거렸다. 지금 당장 멈춰도 전혀 이상하지 않을 정도의 심박수였다. 혹시라도 잠시 한눈팔다가 엄마를 놓칠까 봐 건물 출입문에서 1초도 눈을 떼지 않았다. 휴대폰 알람도 맞췄다. 혹시나, 정말 혹시나, 내가 엄마를 놓칠까 봐.

6시 9분 35초. 엄마가 나왔다. 그런데 누가 내 목소리로 엄마를 불렀다. 저쪽에서 웃음을 머금고 다가오는 내 얼굴. 지금의 선지유였다. 엄마 품에 폭 안기는 나 자신의 얼굴을 바라보며 내 것을 빼앗긴 기분이 들었다. 너무 보고 싶었다는 표정으로 어깨를 감싸안는 엄마. 1등 자리는 언제든 누구든 가져갈 수 있는 거지만 엄마는 남에게 뺏길 수가 없는 건데, 이렇게 다른 사람이 엄마 팔짱을 끼고 가는 모습을 보고 있자니 꼼짝도 할 수 없었다.

엄마 생일에 함께할 수는 없지만 선물은 꼭 주고 싶었다. 백화점 진열대에 놓인 색색의 립스틱 샘플을 손등에 그으며 엄마 얼굴을 그려 보았다. 단정하고 상냥한 미소, 웃을 때 더 도드라지는 도톰한 아랫입술. 엄마에게 가장 잘 어울릴 것 같은 코럴빛 립스틱을 골랐다. 이거 엄마 딸이 광고하는 립스틱이야, 라고 말하며 전해 줄 수는 없지만 내가 사 준 립스틱을 바른 모습을 멀리서 보는 것만으로도 행복할 듯했다.

선물을 우편함에 넣어 둘까, 아니면 환자인 척 치과에 가서 치료해 주셔서 감사하다며 건넬까. 어떻게 전해 줄지 고민하면서 화장실로 발걸음을 옮겼다. 모자와 마스크로 가렸지만 누가 알아볼까 봐 주변을 신경 쓰며 쇼핑했더니 너무 피곤했다. 아무도 없는 화장실에서 모자와 마스크를 잠시 벗은 순간 덜컥, 화장실 출입문이 열렸다. 그리고 '선지유의 몸'이 들어왔다.

'나'를 몸 밖에서 보는 게 세 번째이지만 눈이 마주친 것은 처음이었다. 느낌이 이상했다. 아무튼 지금은 이 자리를 벗어나야겠다는 생각만 들었다. 그런데 내가 등을 돌리는 동시에 상대도 같은 행동을 했다. 우리는 지금 같은 생각을 하는 걸까. 그 아이와 나는 화장실 입구에서 어깨를 부딪쳤고 동시에 서로를 바라보았다. 그다음은 그 아이가 더 빨랐다. 분명 나도 이 순간을 피할 생각이었는데 상대 역시 숨으려고 하자 잡아 보고 싶어졌다.

"잠깐만, 잠깐만. 우리 할 이야기 있지 않아?"

백화점 1층 커피숍에서 마주 보고 앉았다.

"이거, 네 몸인 거지?"

그 아이가 먼저 입을 열었다.

"응, 그리고 이건 네 몸이고."

사실은 축제에서 너를 봤다, 나는 방송부원들이 나 빼고 다 예뻐서 늘 주눅 들어 있었는데 너는 당당하게 춤추고 사회 보니까 멋지더라, 너를 보니 얼굴이 신경 쓰여서 도전하지 않았던 내 모습이 아쉬웠다고 말하고 싶었지만 그냥 마음속에 남겼다. 부러움이라는 감정을 들키고 싶지 않았다.

"그래서, 독고영은으로 사는 거 행복해?"

"너는? 너는 선지유로 사는 거 행복해?"

나도 그 아이도 둘 다 고개를 끄덕였다. 저쪽은 진심인 것 같았다. 나 또한 진심으로 보이기를 바랐다. 그러나 마음속에는 여전히 물음표가 가득했다. 과연 내가 옳은 선택을 한 건지 아무리 생각해도 헷갈렸다. OMR 카드에 이미 표시했는데, 지워야 할지 말아야 할지 끝까지 수정테이프를 손에 쥐고 고민하는 기분이었다.

"너희 둘 여기서 뭐 해?"

현아가 내 어깨에 손을 올리며 말했다.

"어? 현아야, 여기는 어쩐 일이야?"

"나 오늘 지유랑 만나기로 해서. 그런데 둘이 아는 사이였어?"

현아가 그 아이 옆에 앉았다.

"그러잖아도 기회가 되면 둘을 소개해 주려고 했는데. 이렇게 만난 김에 다 같이 게임 파크 갈까? 영은이 시간 괜찮아?"

그 아이는 뭐라 단정하기 어려운 표정을 지은 채 아무 대답도 하지 않았다. 나와 함께 있어서 불편한 건지, 아니면 오랜만에 본 자신의 몸을 더 보고 싶은 건지 알 수 없었다.

"그래, 같이 놀자."

나는 겉으로만 흔쾌하게 대답했다.

겨울 햇살이 가득한 거리에 늘어선 로드 숍과 예쁜 카페를 지나는 동안 현아 목소리만 공중에 떠돌았다. 나는 예전의 내 얼굴 위로 조명처럼 떨어지는 노란 햇빛을 헛헛한 마음으로 바라보았다. 차가운 2월의 바람이 스칠 때마다 나는 바람에 칼날이라도 들어 있는 것처럼 눈을 질끈 감았다.

"어머, 독고영은이다! 진짜 예쁘다."

"와, 실물이 더 예뻐!"

연예인인 나에게로 당연히 시선이 쏠렸다. 다른 사람 물건을 훔친 것처럼 두근거리고 심장이 떨렸다. 지금만큼은 저 아이도 자기가 놓친 것을 조금은 아깝다고 여길지 궁금했다.

'탕, 탕, 탕!'

"오! 영은이한테 이런 재주가 있었어? 지유 너도 사격 잘하잖아."

기분이 별로일 때는 인형 뽑기나 사격을 하면 마음이 후련해졌다. 온 신경을 집중하는 느낌. 점수판이 뒤로 꺾이는 순간의 짜릿함으로 감정의 찌꺼기를 빼냈다. 손가락 길이와 눈의 크기는 바뀌었지만 실력은 그대로였다. 인형 세 개가 연속으로 떨어지자 직원의 눈이 커졌다.

"자, 하나씩 가져."

하얀 곰 인형과 보라색 강아지 인형을 현아와 그 아이에게 건넸다. 내가 나에게 주는 선물이었다. 인형을 주다 그 아이와 손이 스치자, 심장이 더 빠르게 뛰고 온 혈관이 극도로 조여드는 느낌이 들었다.

셋이 찍은 즉석 사진을 SNS에 올렸다. 예쁘게 포장할 필요도, 공들여 편집할 필요도 없었다. 그 무엇이든 올리기만 하면 반응이 뜨거웠다. 이번에도 업로드하자마자 빨간색 하트 늘어나는 소리가 쉴 새 없이 들렸다. 익숙한 일이었다. 실시간으로 일상을 올려 다른 사람들에게 내 삶을 알리고 참견을 받는 건 귀찮다기보다 뿌듯한 일이었다.

현아를 가운데 두고 양쪽에 자리 잡은 예전의 나와 지금의 나를 번갈아 바라보았다. 어느 쪽을 진짜 나라고 할 수 있는지 헷갈렸다. 변화한 지금의 내가 진짜일까, 아니면 예전의 내가 진짜일까.

책상 위 거울을 당겨 얼굴을 비춰 보았다. 손끝으로 거울 속의 눈, 코, 입을 가만히 쓸어내렸다. 그러고는 다시 즉석 사진을 바라보았다. 이 선택을 후회하는지, 과거의 나에게 묻고 싶었다.

그를 만났던 다리 위에 눈이 소복이 쌓여 있었다. 그때처럼 난간을 잡고 허리를 숙여 어두운 강 쪽을 바라보았다. 아무것도 보이지 않고 아무도 나를 잡지 않았다. 돌멩이 하나를 힘껏 던지자 강물이 집어삼키고는 입을 굳게 다물었다.

"여기서 뭐 해?"

내가 나 스스로에게 물었다. 주머니에서 그 아이와 함께 찍은 즉석 사진을 꺼내 난간 위에 올려 두었다. 바람이 사진을 강 쪽으로 이끌었다. 사진은 날개를 들썩이듯 휘돌다가 어느덧 잔잔한 물살에 삼켜져 보이지 않았다.

"안녕."

받는 사람이 누구인지도, 만남인지 이별인지도 모를 인사를 했다. 후회를 남겼더라도 이건 내가 선택한 일이다. 돌이킬 수 없는 과거의 결정으로 오늘을 살고 있다. 내일이면 오늘의 판단 역시 바꿀 수 없는 과거가 될 것이다. 그런 의미에서 한 가지 분명한 것은, 하루하루 열심히 산다면 어제도 오늘도 내일도 온전히 아름답다는 사실이었다.

"자, 준비됐으면 촬영 시작합니다!"
스태프의 말에 나는 테이블로 자리를 옮겼다. "미소!"를 외치는 촬영 감독의 목소리에 자신감 넘치는 눈빛으로 카메라를 바라보았다. 고개를 살짝 왼쪽으로 기울이고 화장품 병을 얼굴 가까이로 들어 올렸다. 손가락 사이로 금빛 병이 반짝였고, 입가에는 은은한 미소가 번졌다. "컷!" 소리와 함께 손에 든 화장품을 얼굴에서 떼었다.
"오늘 무슨 좋은 일 있어? 표정이 엄청 좋은데?"
"감독님, 우리 영은이는 매일매일이 베스트예요."
감독의 칭찬에 매니저 언니가 장난스럽게 대답했다.
"그럼 다음 신으로 갈까?"
스태프들이 분주하게 움직였다. 조명이 조정되고, 카메라 앵글이 새롭게 맞춰졌다. 주어진 삶 속에서 모두 자기 역할에 맞게 움직이고 있었다. 그들의 삶은 진짜고 나는 가짜라고 구분 지을 필요는 없었다. 언젠가 컷 소리가 들리면 선지유로 돌아갈 수 있을까, 아니면 스포트라이트 아래 만들어진 지금의 모습만이 남을까. 어떤 결과가 오든 지금의 나에게 촬영 현장과 같은 삶이 계속될 수밖에 없다면, 언제나 한 치의 흐트러짐도 없이 완벽하게 연기하는 삶이 맞는 듯하다. 앞으로 어떤 삶이 펼쳐질지 알 수 없지만 적어도 이 무대 위에 서 있는 동안은 흔들림 없이 빛나겠다고 결심했다.

  나는 카메라를 바라보며 더욱 또렷한 미소를 지었다.

에필로그

"매니저님, 잠시만 다녀올게요."

사람들의 시선을 차단하려는 듯 모자를 푹 눌러쓰고 검은 마스크를 쓴 영은이가 검정 밴에서 내려 서점으로 들어갔다. 가늘고 하얀 손을 망설임 없이 뻗어 책을 집었다. 영은이는 '선지유'라는 이름을 한참 동안 매만지다가 책을 들고 빠르게 사라졌다. 그리고 그 뒤를 이어 또 다른 하얀 손이 책을 집고 책장을 한 장 한 장 천천히 넘겼다.

지우는 평범한 고등학생이었어. 그런데 필사적으로 행복을 찾던 어느 날, 마치 피마저도 회색 잉크일 것 같은 그를 만나 다른 사람이 되어 버린 거래. 간절한 마음이 지우를 변화시킨 걸까, 아니면 속은 걸까. 절망과 슬픔, 좌절과 우울, 그런 감정이 오랜 시간 마음에 포개지고 맺혀서 마침내

지우는 다른 사람이 되었어. 그렇다면, 진짜 지우는 어디로 간 걸까?

"디나토티타(δυνατότητα),❶ 아무래도 네가 틀린 것 같은데?"

조이는 옆에 아무도 없는데 마치 누구와 대화하듯 말하며 초록빛 긴 머리칼을 가볍게 흔들었다. 그리고 그 옆으로 회색빛 짧은 커트 머리를 한 디나토티타가 나타났다. 영은이와 지유에게 다가갔을 때처럼 언제 왔는지도 모르게.

"글쎄? 조이(ζωή),❷ 아이들이 과연 원래대로 돌아가려고 할까? 인간은 자기가 한번 맛본 욕심을 절대 놓치지 않아."

"대신, 인간은 갖고 있을 때는 그 소중함을 모르다가 막상 남에게 빼앗겼다고 생각하면 갑자기 아쉬워하지. 원래 자기 것이었다는 억울함을 느끼게 하는 능력과 이제는 많이 누려 봐서 소중함이 흐려지는 능력, 어느 게 더 매력적일까?"

"영문도 모르고 태어나서 랜덤박스처럼 주어진 삶을 사는 거 너무 불공평하잖아? 난 삶을 바꾸고 싶어 하는 사람에게 기회를 준 거야."

"인간은 신이 만든 단순한 장난감이 아니야. 인생이란 살면서

---

❶ 그리스어로 '기회, 가능성'을 뜻함.

❷ 그리스어로 '삶'을 뜻함.

불평하기도 하고 어려움을 이겨 내기도 하면서 행복을 찾는 거라고. 너는 인간을 과소평가했어. 규칙 하나, 우리 세계의 관여가 외부로 발설되면 관찰자 자격이 정지된다. 규칙 둘, 바뀌는 두 사람을 대하는 관찰자의 태도는 공평해야 한다."

조이는 허공에 뜬 조약을 손톱 끝으로 톡톡 치며 웃었다. 디나토티타는 그 홀로그램을 신경질적으로 그어 버리며 말했다.

"소설 속 이야기가 발설에 해당하는지 아닌지는 상부에서 판단할 일이지, 네가 판단할 일이 아니야."

"그래, 내가 뭐랬어? 너는 저 둘이 너를 아주 간절하게 불러내기 전까지는 그 앞에 모습을 드러낼 수 없지. 네가 과소평가했던 인간이 너를 소환하기 전까지는 어떤 영향도 미칠 수 없다고. 그저 뒤에서? 또는 위에서? 공기에 스며든 채 가만히 지켜나 봐."

조이는 초록빛 머리칼을 높이 올려 하나로 묶은 뒤 사람들 사이로 섞여 들어갔다.

디나토티타는 처음으로 사랑한 사람을 잃었을 때를 떠올렸다.

디나토티타에게서 관찰자 자격을 박탈하고 짐승으로 변하게 하겠다. 너의 지성은 흐려지고 말할 수도 없으며, 손 대신에 꼬리와 긴 수염을 가지게 될 것이다. 이제 너는 인간에게서 사랑이 깃든 물건을 받아야 본모습을 회복할 수 있다. 이는 신들의 법, 관찰자로서의 금기를 어긴 너에게 내리는 별이다.

디나토티타는 손목에 묶인 노란 리본을 바라보다 '선지유'라는 이름이 새겨진 책 위로 눈을 돌렸다. 발걸음을 옮기는 디나토티타의 회색빛 머리칼 위로 황금빛 햇살이 비쳐 들었다. 햇살은 맨 먼저 그의 머리에 닿았다가 점차 그의 몸 구석구석으로 번져 갔다.

Fly me to the moon. Let me play among the stars.

남색 어둠 속에 여기저기 박힌 별처럼 나른한 재즈가 방 안에 흩어졌다. 옆에서 속삭이는 듯한 저음에 숨소리가 살짝 섞여서 마치 꿈속 같았다. 손가락이 키보드 위를 미끄러지듯 부드럽게 움직였다. 지유의 손목이 빠르게 움직이면서 텅 비어 있던 공간에 어느새 의미를 담은 문장들이 조용히 쌓여 갔다.

"선지유 작가님, 이제 그만 자야지."

자정을 훌쩍 넘겨 집에 돌아온 엄마가 방문을 살짝 열고 웃으며 말했다.

"엄마는 왜 이렇게 늦었어?"

"동창회가 늦게 끝났어. 작업 중이었어?"

"응, 공모전 준비."

"무리하지 말고 일찍 자."

엄마가 나가자 지유는 유튜브를 열었다. 검색창에 '독고영은'을 치자 이번에 개봉한 영화 예고편부터 라이브 방송까지 다양한 콘텐츠가 쏟아졌다. 지유는 스크롤을 내리다가 인터뷰 영상을 재생했다.

"요새 대세죠. 배우로 데뷔한 'THE ONE THING'의 독고영은 씨를 모셨습니다. 안녕하세요."

"안녕하세요. 독고영은입니다. 반갑습니다."

"이번에 처음으로 연기에 도전했는데 반응이 아주 좋아요. 아이돌이 연기까지 최고라는 평이 자자합니다. 연기에 도전하게 된 계기는 무엇인가요?"

"다양한 인생을 살아 보고 싶은 마음이 들었어요. 어떤 배역을 맡은 동안에는 그 사람으로 살 수 있으니까요. 그런데 사실 배우뿐만 아니라 사람이 산다는 것은 어느 정도 연기인 것 같아요. 슬퍼도 안 슬픈 척, 힘들어도 안 힘든 척, 누구나 그러는 날이 있잖아요. 그러면서 누구를 부러워하고 저 사람처럼 살고 싶다는 생각도 해 보고요. 그렇지만 가장 중요한 건 자신을 사랑하고 주어진 삶에 최선을 다하는 태도 같아요."

"이십 대에 깨닫기 쉽지 않은 삶의 진리인데요? 하하, 혹시 다음에 도전해 보고 싶은 작품이 있습니까?"

"최근에 선지유 작가님의 소설을 읽었는데, 만약 영상으로 만들어진다면 연기해 보고 싶어요. 부러워하던 사람과 몸을 바꾼다는 설정이 흥미롭더라고요."

지유는 화면을 똑바로 바라보는 영은이가 마치 자신과 눈을 맞추는 것처럼 느껴졌다. 그리고 자신을 향해 한 걸음씩 천천히 다가올 것만 같았다.

그때 SNS에서 팔로우 신청 푸시 알림이 떴다.

독고영은 님이 팔로우 요청을 보냈습니다.

지유는 '확인'과 '삭제' 버튼 사이에서 손가락을 멈춘 채 움직이지 못했다. 두 마음이 팽팽하게 맞섰다. 프로필 사진 속 영은이의 웃는 얼굴이 화사했다. 지유는 숨을 크게 들이마신 뒤 머뭇거리던 손가락을 '확인' 버튼으로 옮겼다. 영은이가 "안녕" 하고 인사하는 목소리가 들리는 것 같았다.

유리창 너머로 짙은 보랏빛 구름이 천천히 흐르고, 푸른 달이 모습을 드러냈다.

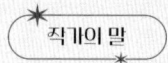
작가의 말

이 작품은 나의 첫 번째 소설이다.

누군가 왜 하필 청소년 소설을 썼냐고 묻는다면, 가장 돌아가고 싶은 순간이 십 대이기 때문이라고 대답할 것이다. 다시 돌아가고 싶을 정도로 그렇게 청소년기가 행복했냐고 묻는다면, 나는 고개를 가로저을 수밖에 없다. 그 시절이 마냥 행복했다고 말하기는 힘들기 때문이다. 지금 생각해 보면 고작 그만한 일로 왜 그렇게까지 힘들었을까 싶지만, 그때는 끝없는 고민의 파도에 아주 쉽게 휩쓸렸다. 그리고 빨리 어른이 되어 그 괴로움을 벗어나고 싶었다.

나는 경쟁이 심한 학군지에서 성적으로 인한 불안감 속에 마음이 뭉개지는 날이 많았다. 그리고 친구들 사이에서 외로움을 느끼며 자책하기도 했다. 어느 날은 이유 없는 무력감에 좌절하고 스스로를 괴롭혔다. 나 자신이 마음에 들지 않을 때면, 다른 사람을 보며 '쟤는 참 좋겠다. 만약 내가 쟤로 태어났다면 얼마나 좋았을까.'라고 생각했다. 진짜 나를 숨기고 싶은 마음에 다른 얼굴, 다른 이름을 상상한 적도 있다. 학년이 올라가도 기준만 조금 달라질 뿐 누군가를 부러워하는 마음은 사라지지 않았고, 나와 다른 이를 비교하면서 내가 누리고 있는 소중한 것들을 순식간에 별것도 아닌 것으로 만들어 버릴 때가 많았다.

그토록 바라던 어른이 된 지금은 오히려 무엇이든 노력할 수 있고, 시도할 수 있는 그 시절이 무척이나 그립다. 그때는 내가 참 마음에 들지 않았는데 지금은 그때의 내가 참 기특하게 느껴진다. 시간을 되감는 게 가능해 청소년기로 되돌아갈 수 있다면 아직 오지 않은 날들을 고민하지 않을 것이다. 또 누군가와 비교하지 않고 나 자신을 사랑할 것이다.

과거로 돌아가 인생을 다시 사는 건 현실에서는 불가능하다. 나의 과거는 변할 수 없다. 하지만 지금 십 대인 청소년들은 가능하다. 해야 하는 일을 하면서, 하고 싶은 일을 찾고, 무엇이든 시도할 수 있다. 그러기에 나는 어린 나에게 해 주고 싶은 말을 이 소설을 통해 현재를 살아 가는 청소년들에게 전하고 싶다. 특히, 작은 감정이 결핍의 폭풍을 일으켜 자신에게서 도망치는 중인 청소년들에게 꼭 말해 주고 싶다. 앞으로 다가올 삶은 오늘의 내가 결심하기 나름이라고. 그러니 옆을 보며 불안해하지 말고 자신의 장점을 최대한 크게 보라고. 그러다 보면 결국은 내가 바라는 모습이 되어 있을 거라고.

완벽하게 행복해 보이는 사람도 크고 작은 인생의 절박한 불균형이 존재한다. 그러니 잠시라도 자신을 벗어나고 싶었던 이들 모두가 '진짜 나'의 본질을 반드시 찾았으면 좋겠다.

부족한 원고를 누구보다도 꼼꼼하게 봐주시고 함께 고민해 주신 초록서재 김영숙 편집자님과 따뜻한 믿음으로 출판의 길을 열어 주신 황정임 대표님에게 진심으로 감사드린다.

한순간이라도,
내가 아닌 다른 삶을 꿈꿔본 적 있는 모든 이에게
마음을 담은 응원을 건네고 싶다.

2025년, 송주영

나도 내가 되고 싶어

초판 1쇄 발행 2025년 8월 14일 | 2쇄 발행 2025년 9월 9일

글쓴이 송주영 | **펴낸이** 황정임
총괄본부장 김영숙 | **편집** 김로미 김선의 정지연 | **디자인** 이선영 김태윤
마케팅 이수빈 윤인혜 | **경영지원** 손향숙 김하리 | **제작** 이재민

펴낸곳 초록서재(도서출판 노란돼지) | **주소** (10880) 경기도 파주시 교하로875번길 31-14 1층
전화 (031)942-5379 | **팩스** (031)942-5378
홈페이지 yellowpig.co.kr | **인스타그램** @greenlibrary_pub
등록번호 제406-2015-000137호 | **등록일자** 2015년 11월 5일

ⓒ 송주영, 2025
ISBN 979-11-92273-34-1 43810

• 이 책의 그림과 글의 일부 또는 전부를 재사용하려면 반드시 저작권자와 도서출판 노란돼지의 동의를 얻어야 합니다.
• 값은 뒤표지에 있습니다.

 초록서재는 여린 잎이 자라 짙은 나무가 되듯,
마음과 생각이 깊어지는 책을 펴냅니다.